白秋近影

北原東代

現代短歌社

55歳の白秋（1940年7月3日）

はじめに

白秋を義父と仰ぐ身となって、いつしか四〇年余の歳月が流れている。

この間、三一年前には義母菊子との、一〇年前には夫隆太郎との永別があったが、顧みて最もうれしかったことの一つは、隆太郎の多年の悲願であった岩波書店版『白秋全集』刊行の実現、である。

『白秋全集』は、一九八五年一月二五日の「白秋生誕一〇〇年記念」として、一九八四年一二月より一九八八年八月までの三年八ヶ月に亙り、39巻別巻1の全40巻が刊行されたのだが、準備期間まで加えると八年余の歳月がかかっている。

この『白秋全集』刊行完結によって、白秋研究のための最も確かなテキストが世に出て、私自身も白秋研究に一層の意欲を覚えたが、同時に、従来、とかく卑俗に傾いていた「白秋虚像」は今後は書かれなくなるであろう、という大きな期待も抱いていた。

以来、二〇数年が経ち、近年は秀れた評論も現れつつある一方で、相変わらず史実誤認のまま書かれたものも目に付き、残念に思っている。『白秋全集』全40巻を丁寧に読むことは、容易な業ではないが。

本書は、ほとんどが求められて幾つかの歌誌に書いた稿をまとめたものだが、『白秋全集』及び白秋と交流のあった文学者の『全集』や『作品集』を基礎資料として、拙宅に残っていた未発表の資料も活用し、また、義母菊子、夫隆太郎、さらに北原親族の証言なども加えて、「白秋の実像」に迫るべく書いてきたものである。

Ⅰ章は、白秋の身近な血縁者と白秋との関わりを、Ⅱ章では、白秋が刺激や影響を受け、そして、刺激や影響を与えた先進、同輩、後進と白秋との交わりを、Ⅲ章では、白秋が詩人、歌人となってからの四〇年に近い暮らしの折々の姿を、取り上げてみた。

お目通し頂ければ、まことに有難く思う。

来たる二〇一五（平成二七）年一月二五日は、「白秋生誕一三〇年」に当たる。
この小著を、義父白秋の霊前につつしみて捧げたい。

二〇一四年九月二日

著　者

目次

はじめに

I　白秋の家郷

1　白秋と母しけ　一三
2　白秋と父長太郎　三三
3　白秋の従姉《いとこ》　七五
4　白秋と次弟鐵雄《てつお》――アルスをめぐって　八二
5　白秋と末弟義雄――「草もち」の歌は語る　八九
6　白秋と長男隆太郎　九六

Ⅱ　白秋の窓

1　白秋と漱石　一一一
2　白秋と新村《しんむら》出《いずる》　一一八
3　白秋と蒲原《かんばら》有明《ありあけ》　一三七
4　白秋と茂吉　一四五
5　白秋と高村光太郎　一六三
6　白秋と前田夕暮　一七〇
7　白秋と岡本かの子　一七七
8　白秋・犀星・大手拓次　一八五
9　白秋と芥川龍之介　一九六
10　白秋と中西悟堂　二〇八
11　白秋と村山槐《かい》多《た》　二一五

12　白秋と巽聖歌《たつみせいか》　二三一
13　白秋と新美南吉　二三八

Ⅲ　白秋閑話

1　白秋の芸術作用　二三七
2　『思ひ出』刊行一〇〇年　二四三
3　「地鎮祭事件」余滴　二五〇
4　白秋、菊子の婚礼祝い　二五六
5　白秋・環翠楼《かんすいろう》・皇女和宮　二六三
6　白秋の息ぬき　二七〇
7　白秋の「多磨」創刊の真意　二七五
8　一九三九年一月の「山本良吉事件」　二八二
9　白秋の「利休居士」の歌　二八八

10　二天・宮本武蔵の薫化　二〇三
11　白秋の東北旅行余話　二一〇
12　「六騎《ろつきゆ》」の歌と魚商・喜代次　二一九

初出一覧　二二六
「あとがき」に代えて　二三〇

白秋近影

Ⅰ　白秋の家郷

1　白秋と母しけ

白秋の母しけは明治の世となる七年前の一八六一（万延二）年、熊本県玉名郡関《せき》外目《ほかめ》（現、南関町関外目）に生まれた。

父は郷士の石井業隆《なりたか》、母は菊池氏の剣道指南役、斎藤氏の娘キギである。しけは戸籍上は次女だが、異母姉の長女は早世、下に弟四人、妹二人が生まれている。

しけと柳川の海産物問屋兼酒造業を営む北原家の長男長太郎との縁談は、当時、石井家も酒造業を営んでいたので、酒屋同士の縁で整った。ただ、両家の家風は著しく異なっていた。有明海沿岸に位置し江戸期より先祖代々、立花藩ご用達の海産物問屋と明治期に始めた酒造業を兼ね、人の出入りの頻繁な商家の北原家と、明治期に酒造業は始めたが、南関の旧家で広い田畑や山林を有し、多くの蔵書があり、学問を好む石井家との違いである。

しけが北原家に嫁いだのは一八八三（明治一六）年春の二二歳の時だが、挙式後にしけが驚いたのは、初婚と思いこんでいた夫長太郎は二度の離婚歴がある上、先妻の生んだ一歳の娘加代が家内にいたことであった。そのような事情を、仲人は石井家に伝えていなかったのである。嫁入り直後に夫の前歴を知って衝撃を受けたしけは、後に、「よほど里へ逃げ帰ろうかと思った」と、笑って話していたそうだ――白秋の妻で義母菊子から私が聞いた逸話である。

結婚二年後の一八八五年一月二五日、待望の男児隆吉（白秋）が誕生。隆吉は戸籍上は次男だが、長太郎と最初の妻との間に生まれた男児は夭折しているため、事実上の長男である。北原家のこの嗣子の誕生で、夫婦の絆も自ずと深まったであろう。

一、白秋作品に見る母しけへの敬愛

隆吉こと白秋は詩、短歌、詩文章に、父、母、妻、わが子、弟妹などの肉親をよく登場させているが、中でも母しけに関わる作品は、白秋の長男隆太郎に関わる作品の次に多い。

白秋が初めて母しけについて書いたのは、一九一一年六月刊行の第二詩集『思ひ出』（東雲堂書店）の序「わが生ひたち」の文においてである。

そこでは、「極めて武士的な正義と信実とを尊ぶ清らかな母の手に育てられて」と、武家の家風に薫育された正義感の強い母しけを誇らしげに叙述している。

一方、父長太郎については、「頑固で、何時もむつつりした」、「気まぐれな道楽」の持主で、「凡てが投げやりであつた」などと、辛辣《しんらつ》な筆致に終始している。

総じて白秋は、生涯、母しけへの敬愛、讃美、感謝などを書き続けているが、たとえば四五歳の白秋の、母への想いを引いておこう。

この母を思ふと、わたくしの今日あるのは全く母のお蔭だとひれ伏される。苛酷なほど父から好学の道を禁圧されたわたくしを、よく理解し、よく保護し、その道への進出に心を尽してくれた人はこの母であつた。

（「この母を持つ幸福」、「短歌月刊」、一九三〇年三月）

この文は決して誇張ではなかろう。中学伝習館を卒業間際に教師と争って退学、「上京して早稲田に進学したい」と言い張る白秋に、父長太郎は激怒するばかりであった。

しかし、母しけは「無理に厭なことを強いるのは将来のために決してよいことではない。そんなに文学が好きなら好きな道をやらせた方がよいではないか」（白秋次弟鐵雄《てつお》筆「幼きころ」、共著『回想の白秋』、一九四八年六月）との考えから、夫の説得を試みつつ、秘かに寝具類や衣類を整え、荷造りをして、一九〇四年三月末の白秋の上京を成し遂げさせた。

さらに、北原家が破産状態に陥った一九〇八年頃からは、東京の白秋と鐵雄（前年春、上京して慶応大学理財科に進学）に、毎月、小判を三枚ずつ送ってはその暮らしを支え続けた。この母しけの勇断と支援があったからこそ、白秋は詩人として出発できたのである。

次は、知命を過ぎた白秋の母への讃辞。

母を思ふと、いつも私《わたくし》は心を浄められる。

母を思ふことは私の霊《たましひ》の救《すくひ》である。（略）

学問こそ無けれ、この母の正しさは古武士の妻のゆかしさで、貞淑で、気丈で、忍従の婦徳を自《おのづか》らに備へた、かぎりなくめでたいものに見うけられる。

（「母」、「婦人倶楽部」、一九三六年四月）

かくのごとく、自らの実母への手放しの礼讃を綴るのは、あるいは読者を白けさせるかもしれない。しかし、白秋のこのような母しけへの最上級の讃仰のことばは、白秋が書かずにはおれなかったから書いたもの、と言える。

次に、その背景を照らし出してみよう。

二、母しけの苦難と忍従

なぜ、白秋は母しけへの礼讃を書かずにはおれなかったのか。端的に言えば、それは、白秋が母の苦難と忍従の半生を最もよく知っていたからである。その証を三つ挙げよう。

その一。幼少年期の白秋が見た、若い母しけの自死までも思いつめた姿は、『思ひ出』の詩「雨のふる日」に鮮やかに描かれている。

わたしは思ひ出す。
しとしとと雨のふる夕かた、
匕首《あいくち》を抜いて
死なうとした母上の顔、（後略）

その頃のしけの苦悩には、白秋の随筆などを参照すると、夫長太郎のすぐにカッと激怒する性格、専横なふるまいのほかに、義姉北原セキの過度の干渉や苛めのあったことが判明している。当時、セキは二度の離婚の後、北原家の近所に分家して娘たちと暮らしていた。

すなわち、「匕首を抜いて死なうとした」母しけの顔は、幼い白秋の胸を震えさせ、その脳裡に深く刻印されていたのである。

その二。一九〇九年暮れに柳川の北原家が破産、一九一二年には両親、弟妹らが次々に白秋を頼って上京するが、同年夏、白秋は松下俊子との「不幸な恋愛事件」（俊子の夫長平より「姦通罪」として告訴された事件）に遭う。愈々、司直の手が迫って来る直前、自殺をも思う悲愴な覚悟で主宰誌「朱欒《ザンボア》」七月号の編集をする白秋と、共に「欷歔《ききよ》」したのも、その心中を察した母しけであった。白秋は「母を泣かせた」（「わが敬愛する人々に」、「朱欒」、一九一二年九月）との自責の念を生涯、胸底に抱いていたと推測される。

その三。松下と示談が成立、免訴に終った「事件」の翌一九一三（大正二）年五月、白秋は俊子と結婚するが、結局、翌年夏には離別し、再び両親、弟妹の住む麻布坂下町の家に同居する。そして、翌一九一五年四月には弟鐵雄と共に阿蘭陀《おらんだ》書房を創立、豪華な芸術雑誌「ARS《アルス》」を創刊。だが、たちまち経営難に陥り、一家は貧窮の生活を耐えねばならなかった。しけは僅かに残っていた着物や手鏡さえ、手放している。

そうしたある冬の日、煙草を買いに出た白秋は路上にて髪もそそけ、貧しい身なりで青い葱を抱え、うつむいて歩く老女に出会う。見ると、母しけであった。白秋は、外光の下でその零落ぶりが際立つ母の姿に胸を貫く悲しみを覚える。これは詩文章「麻布山」（『童心』、一九二一年六月）に綴っている。白秋は長男である貧しい己の不甲斐なさもいいたく感じたであろう。

三、白秋の秘めた悲哀

白秋の随筆に「父の葉書」と題する短い文（「日光」、一九二四年六月）がある。それは、「どんなに苦しんでゐても、忙がしい時でも、やさしい父の葉書を受け取つた時ほど、幸福を感ずることは無い」と始まり、白秋居から届いた椎茸、花や数種の苗木などに対する父長太郎の簡潔な礼状が引用された後、

かうした父の葉書だけは大切にためて置く。今年になつて、もうずゐぶんになつた。こちらからもせつせと何かを送つてあげたくなる。かう喜ばれると。（略）

と続いている。私はこの文を岩波書店版『白秋全集』第17巻で初めて読んだ時、「父の葉書だけは」との限定した表現は、母しけが全く手紙を書かなかったことを意味するのではないか、と思い到った。

その一〇年ほど後、書庫の整理をする内に、古書簡の中に長太郎の白秋宛葉書、

手紙は数通現れたが、しけの手紙類は一通も無かった。正確に言えば、一通だけ、差出人がしけの名の、一九一三年九月七日付北原まり子（俊子の通称。当時、三重に帰郷中）宛手紙はあったが、明らかに鐵雄の代筆によるものであった。

さらにもう一つ、挙げておきたい。白秋の第三歌集『雀の卵』には、俊子との一九一四年八月の離婚後、麻布坂下町の家で両親、弟妹たちと貧しさに耐えて暮らす日々を詠んだ小題「父と母」七首がある。その中の、

母刀自が父のみことの読ます書《ふみ》あなおもしろと聞かす楽しさ

との一首は、父長太郎の本の朗読を母しけが聴いて楽しんでいる意である。この一首にも、しけ自身は本を、すなわち字を読めないことが図らずも表れている。

一つ、説明を要する白秋の随筆に「母の手習」（「随筆」、一九二四年一月）がある。前半を要約する。

ある日、白秋居に来た末弟の義雄が話のついでに、最近、お母さんが手習を始められたと言う。何を習っておいでか、と白秋が訊くと、

「手本はお父さんに書いておもらひです。それが隆吉鐵雄家子義雄といふ風にね、みんなわたしたち子どもの名ばかりですよ。」

その子の中の義雄がまた目で笑つた。

とあるのだが、文中、四人きょうだいの名前を白秋はすべて漢字で書いている。だが、実際には、しけは平仮名で「りゆうきちてつをいゑこよしを」と書いていた可能性が高い。

念のため、長太郎、しけ夫婦と最も長く同居した義雄家の三女で一九三三年生まれのてつ子さんに訊ねてみると、しけが新聞や本を読んだり、字を書いたりしている姿は一度も見たことがない、しけから絵本などを読んでもらったことも全くない、

とのお答えであった。

白秋の出世作の第二詩集『思ひ出』の冒頭部には、「この小さな抒情小曲集をそのかみのあえかなりしわが母上と愛弟 Tinka John（鐵雄）に贈る」と記されているが、「母は文盲」との事実を秘しての献辞であった。

しけの父石井業隆は横井小楠に私淑した開明派で学者肌の、県会議員もつとめた地方の名士であったが、「女に学問は無用」との考えから、娘たちには文字教育を施さなかった。学制が施かれたのは、しけ一一歳の一八七二（明治五）年であり、しけは学童期に文字を習得できないまま、成人したのである。

白秋は母しけが文盲であることを、先掲の随筆「母」では、「学問こそ無けれ」という表現に替えているが、終生、その哀しみを胸底に秘めていたのであった。

四、白秋の栄誉と母しけ

詩人白秋の初めての大きな栄誉は、一九一一年六月刊行の第二詩集『思ひ出』が雑誌「文章世界」の「文界十傑」の投票で、詩人の部の第一位になったことである。先述のごとく、柳川の北原家はすでに二年前の暮れに破産し、莫大な借金を抱えた主長太郎と家族は世間の目を憚って暮らしていた。それだけに、「白秋、詩人の部で第一位」との朗報は、闇の中の一筋の明るい光であった。しけはよほど嬉しかったのだろう、肥後南関の里、石井家に帰った折、弟とその家族に「隆吉が日本一になったばん」と言った、としけの甥石井了介より私は聞いたことがある。

翌一九一二年、柳川の家族は白秋を頼って上京するが、同年夏、白秋が「不幸な恋愛事件」に遭い、その後の七年間、一家が窮乏生活に耐えていたことはすでに述べた。

その間の一九一七（大正六）年頃、『雀の卵』の歌の推敲で行き詰まってもいた白秋は、二度目の妻章子《あやこ》の病気療養に一九一八年春、小田原に転地、同年七月、鈴木三重吉創刊の児童雑誌「赤い鳥」に発表する童謡の新作を契機に、新たな童謡の分野、さらに小説の分野でもペンを揮い、翌年、ようやく窮乏生活から脱しえた。

一方、一九一七年七月、経営難から阿蘭陀書房を人手に渡した鐵雄は、すぐに出版社アルスを興した。それも初めの二年ほどは苦境が続くが、一九二〇年頃から徐々に軌道に乗ってきた。従って、両親の暮らしも落ちついたものになった。ただ、同年五月、西洋館新築の地鎮祭の日に白秋、章子夫婦に突如亀裂が生じ、同月末に離婚する波瀾はあったが。

翌一九二一年四月、白秋が菊子と結婚した後は、両親への菊子の敬虔で細やかな心遣いや、翌年三月の初孫隆太郎の誕生があり、しけは東京から小田原に手伝いに来るなど、かつてない明るい喜びを味わっている。

こうした家庭の安定と共に、白秋の創作活動もますます旺盛となり、その文名も高まっていき、一九二九（昭和四）年九月にはアルスより『白秋全集』全18巻の刊行も始まった。

そして、同年一〇月二八日、『全集』刊行を記念する「白秋祝賀会」が東京会館にて催された。二〇〇余名が出席し、詩壇大御所の河井酔茗の司会で、哲学者井上哲次郎、作曲家小松耕輔、歌人の佐佐木信綱、岡本かの子らが祝辞を述べるなど、大盛会であった。この席に、言うまでもなく、長太郎、しけも招かれて出席した。二人は、白秋文学の評価は解らなくとも、東京会館という豪華な会場に人勢の文化人が集う席上、長男白秋が褒め称えられ、さぞ満足したことであろう。とりわけ、常に白秋を信じ、その望む道への猛進を、さまざまな苦難に耐えて見守り続けてきた母しけは、さぞかし無量の感慨に浸っていたであろう。

五、最晩年の白秋と母しけ

一九四一（昭和一六）年と翌一九四二年の白秋の没年、両親に関わる異変即白秋の心痛事が二つ生じた。

その一つは、両親の戸籍移籍問題である。一九四一年三月一四日、白秋は交声曲「海道東征」（信時潔作曲）の「福岡日日新聞文化賞」受賞式への出席のため、妻子を伴い九州旅行に出発。生涯最後の九州への旅、と覚悟しての二三日に亙る大旅行であった――故里の柳川、肥後南関の訪問、宮崎の各地や奈良の「聖蹟」を巡り、白秋が一九三五年六月に創刊した歌誌「多磨」の地方の会員との熱い交流もあり、殊に充実した旅であった。

ところが、帰京した白秋を待ち受けていたのは、当時、鐵雄宅に同居中の両親が鐵雄夫妻の要望に応えて、白秋と一緒の戸籍から分家の鐵雄の戸籍に移ることを承諾した、という話であった。

白秋の旅中に長男白秋を無視して、両親の移籍が決まっていたことに白秋は激怒、「俺は坊主になる」と口走ったという。すると、すかさずしけが「そら一段とよかばい」といなした由。しけのこの機知の一言には、白秋も二の句が継げなかったであろう。

結局、長太郎としけの鐵雄戸籍への移籍は同年六月七日に届出がなされ、受理されていることが、残っている資料で判明している。

同年一一月五日、白秋が療養中のわが身を顧みず、両親を鐵雄宅から引き取って阿佐ヶ谷の自宅に同居せしめたのは、それまで両親との同居は鐵雄、義雄に較べて遥かに短かったことから、最後の親孝行をしたいと思ったのであろう。

その二は、翌一九四二年二月、白秋は呼吸困難の発作のため慶応病院に入院、三月には杏雲堂病院に転院して加療中、しけが脳溢血で倒れたことである。

その知らせに驚き、胸痛め、母の身を案ずる白秋は、「母」と題して、「病篤しと聞く。脳軟化症とて、今は稚児のごとく現《うつつ》もあらせたまはずといふ」との詞書を添え、

仰ぎ臥《ね》てながるる涙とどまらずははそはの母の病みたまふとぞ

母坐《ま》さぬいかならむ世かおもほえね月照るしろき辛夷《こぶし》この花

などの絶唱九首（「多磨」、一九四二年四月）を発表している。母しけが白秋にとっていかに大きな存在であったか、以上の二首によっても容易に推察される。

そして、四月八日、白秋は自らの病状が好転しない中、母の身を危ぶみ退院してしまう。

八月二五日、しけは二度目の脳溢血で倒れるが、奇蹟的に持ち直した。一方、白秋は九月初めから病状が悪化、重態となり、一〇月六日、両親は再び鐵雄宅に移った。

一一月二日、糖尿病、腎臓病の悪化により白秋は死去、享年五七歳九ヶ月であった。

訃報が鐵雄宅の両親に電話で伝えられると、しけは、「しょんなかたい」（仕方がない、の意の九州方言）と呟いたという。その一言には、「隆吉は自ら望んだ文学の道を精一杯歩き続けて力尽きたのだ」との清澄な諦念がこもっているように思う。

その後、両親は一九四四年末、娘の山本家子（画家、版画家の山本鼎《かなえ》の妻）に付き添われて空襲の激しくなった東京から、鼎の故里の長野県小県《ちいさがた》郡神川村（現、上田市）に疎開したが、翌年二月二五日、長太郎（八八歳）が死去。三日後にしけ（八四歳）は没した——晩年、二度の脳溢血の発作を乗り越え、逆縁の不幸にも耐え、夫を見送っての大往生であった。

2　白秋と父長太郎

㈠　「若鷹」の歌と長太郎の出自

白秋が生前に刊行した最後の歌集『黒檜《くろひ》』（一九四〇年、八雲書林）には、「若鷹」との小題で次のような詞書と歌五首とが収録されている。

我が一族、陸軍航空兵少佐（当時大尉）鶴田静三君、昭和十三年初夏、南昌空中に於て散華す　九月十一日、郷里柳河にて葬儀盛大に行はる

我が族《うから》すでに一人はいさぎよしくわうくわうと空に散りつつ消えぬ
夏空を翼《つばさ》はららかし錐揉むと激し若鷹眼《まなこ》見据ゑき
誉とぞ世人《よひと》讃へむ我《わ》も然りその老いし父も厳《いつ》かしくあらむ

電送歌口授《くじゆ》し勢《きほ》ひし今出でて秋草の中にうづくまりぬる
故郷《ふるさと》や今日《けふ》し響《とよ》まむ秋草の闌《た》けて閑《しづ》けきかかる日差を

初出は一九三九（昭和一四）年七月刊の「改造」で、異同は四首目の「口授《くじゆ》」が「口述《くじゆ》」、五首目の末句「かかる日差を」が「この日の照りを」の二箇所のみである。

静三の戦死の報せが柳川から白秋に届いたことは、前年八月号の「多磨」、「雑纂」の「七月日記抄」、六日の項に次のように記されている。

父の従弟、鶴田耕治氏の息、航空兵大尉鶴田静三君中支〇〇附近の六月二十六日の空中戦に於て敵四十機の中に突入戦死せし旨の通知に接す。

この「父の従弟、鶴田耕治」なる人がどのような係累の従弟なのか、長い間関心を抱いていた私は、一〇余年前、夫隆太郎の旧知で鶴田一族の一人、関東在住の鶴田アヤ（現、森田）さんに思いきって問い合わせの手紙を送った。

すると、ほどなくしてアヤさんはご親切にもご親族や柳川市役所の戸籍課などを通してご調査の上、作成された詳細な「鶴田一族系図」をお手紙とともにご恵送下さった。その「系図」と拙宅にある「北原家家系図」（北原本家の家系図を一八九七年、長太郎の弟敬次郎が書写したものの複写。本家の家系図は無くなっている）、及び二〇〇四（平成一六）年五月の隆太郎の没後、手続きのために取り寄せた戸籍謄本の複写とを照合して、新たな事実も判明した。

ここでは、以上の資料から作成した北原家と鶴田家の関係を示す「略系図」掲げよう。

これにより、長太郎の父嘉左衛門と母ヤスとはいとこ同士、ヤスの弟鶴田卯三郎の男耕治の次男が戦死した鶴田静三と分かる。白秋にとって、静三、そして「鶴田一族系図」を送って下さったアヤさんは「またいとこ」に当たる。

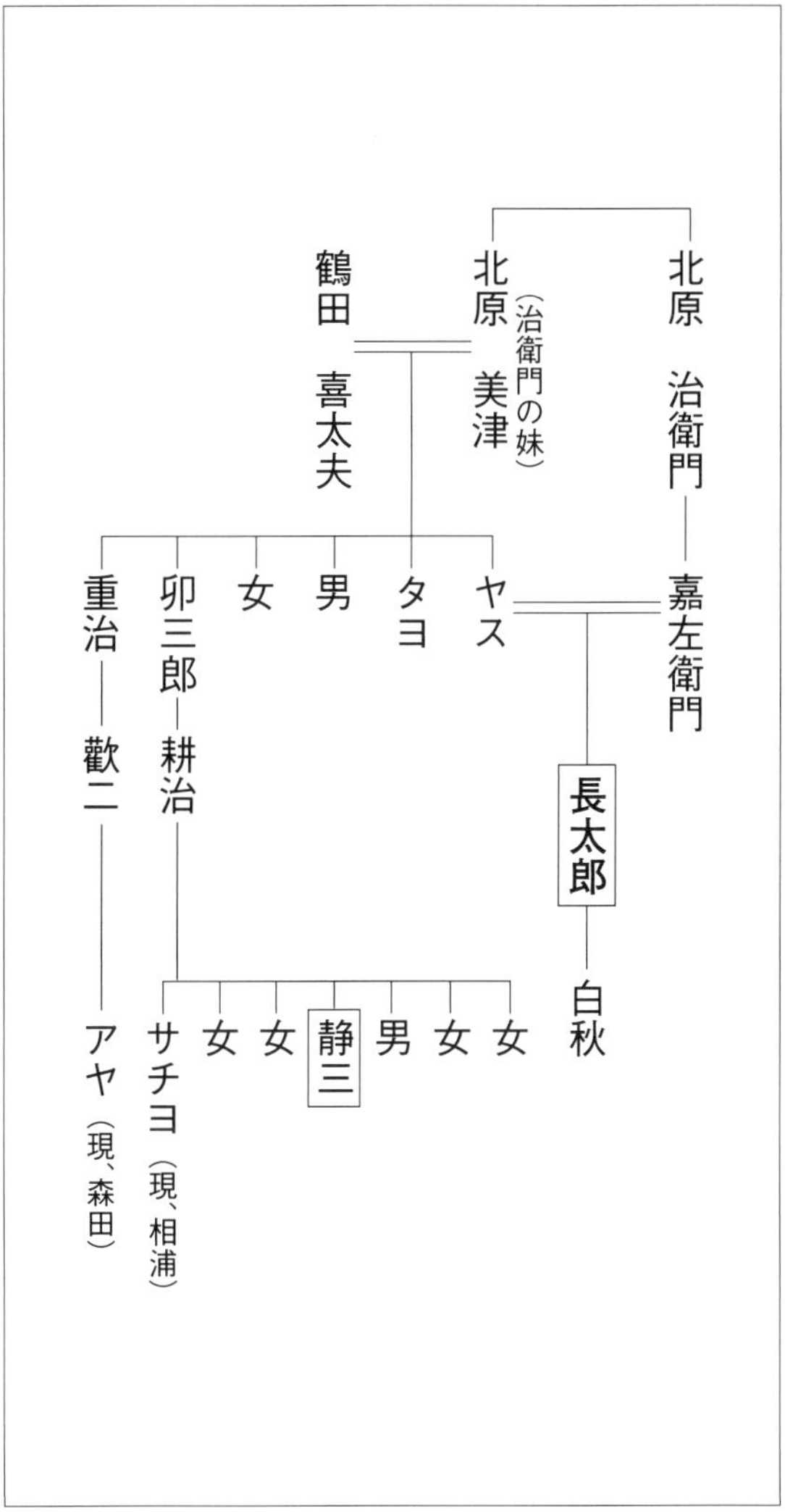

なお、長太郎の従弟《いとこ》の鶴田耕治（白秋より八歳年長、中学伝習館の教師）と同じ

く長太郎の従弟の鶴田歡二（アヤさんの父。白秋より二歳下。一九二一年五月、中国の撫順にて死去。享年三四歳）は、若い頃、白秋と親しく往来していた、とアヤさんは伝え聞いているという（最近、鶴田耕治の「隆太郎宛書簡」を見つけた。白秋の死去に際してのお悔やみ状で、頭脳の明晰さが窺える端正な書体、真心のこもる懇ろな文が印象深かった。香典の小為替への言及も記されていた）。

また、アヤさんは一九四一（昭和一六）年三月、白秋が長詩「海道東征」の「福岡日日新聞」文化賞受賞式への出席のため、妻子を伴って帰郷した際、博多にて白秋一行と会っておられる。その折、白秋はアヤさんを「歡二によく似ている」と言ってとても懐かしがり、「ぜひ東京に出てくるように」と勧めたそうである。戦後、アヤさんが上京して出版社に勤め、以来ずっと首都圏に住んでいるのは、白秋の勧めも幾らか影響を与えたのかもしれない。

さて、冒頭に掲げた「若鷹」の四首目に、「電送歌口授し」とあるが、その電送歌の刻まれた静三の墓石の写真を柳川の知人・平出悦一氏からご恵送頂いたので、ここに紹介する。『白秋全集』第37巻の「雑纂」(「多磨」、一九三八年一〇月)とは表記に違いがある。

天ニ響ク爆音空又寂タリ
光明ノ散華ケタシ本懐ナラン
クワウタルカナ南昌一ヘンノ秋
白鶴雲ニ入ツテ餘光トコシヘナリ

なお静三の塔のごとき立派な墓は、柳川市内の等應寺に一九四〇年八月、父鶴田耕治によって建立されている。

この白秋の「弔詞」には、静三の勇猛さを讃えて、故人への慰霊と、二八歳の前途有為の青年を失った遺族への慰めとが格調高く歌われている。

しかし、「光明ノ散華ケタシ本懐ナラン」や「白鶴雲ニ入ツテ餘光トコシヘナリ」

などは戦死の美化と言わねばならない。

静三の戦死の前年の一九三七年七月に「盧溝橋事件」が起き、「日中戦争」の火蓋が切られて以後、戦時色は日増しに強くなってゆく時代であった。そのような時代風潮の影響を受けざるをえなかった「弔詞」、ということになる。

ともあれ、冒頭の「若鷹」五首には、父長太郎の母方の従弟で白秋とも親しかった鶴田耕治の息、航空兵大尉静三を誇りに思い、その戦死への痛惜の念も歌の背後に察せられる。

(二) 長太郎と弟敬次郎

アヤさんからの私宛書簡には、アヤさんが鶴田静三の妹サチヨ(現、相浦)さんから聞かれた次のような「鶴田家に伝わる話」も記されていた。

長太郎の母は長太郎の出産後、体調を崩して、療養のために実家の鶴田家に戻った。

「鶴田家に戻った」とは、離縁となった、という意味である。この「鶴田家に伝わる話」に、私は、はた、と思い当たるふしがあった。

「鶴田一族系図」では、長太郎の母の名は「不詳」とあったが、長太郎の母の名が「ヤス」とは「北原家家系図」および拙宅の戸籍謄本でも判明している。

また、「北原家家系図」によって、長太郎の父嘉左衛門には、ヤス、タヨ、カメの三人の妻が入れ替わっていたと分かっている。嘉左衛門の二度目の妻タヨはヤスの妹である。

さらに、嘉左衛門にはセキ、ヨシ、長太郎、敬次郎の四人の子がおり、母親は「ヤス」と記されている。

ところが、アヤさんからのお手紙を拝読後、「北原家家系図」をじっと見詰めていると、ヤスの死亡は安政五年と書かれているのに気がついた。長太郎の出生は安政三年と分かっているので、母ヤスは長太郎が二歳の時に死亡、となり先掲の「鶴田家に伝わる話」は信憑性があると言える。

ところで、長太郎の弟敬次郎は文久元年の生まれ、と「北原家家系図」に記されている。

以上を西暦に直せば、長太郎の出生は一八五六年、母ヤスの死亡は一八五八年、敬次郎の出生は一八六一年、となる。したがって、敬次郎の母はヤスではなく、嘉左衛門の二度目の妻タヨ（鶴田喜太夫次女で、ヤスの妹）か、もしくは三度目の妻カメ、となる。さらに「北原家家系図」をよく見てゆくと、タヨは明治一二（一八七九）年没、カメは明治一五年没、と記されており、敬次郎の実母はタヨと判明した。

すなわち、長太郎と敬次郎とは異母兄弟であった。この事実は、長太郎は二人の姉たちから聞くなどして知っていたかもしれないが、これまで白秋をはじめ北原一族の間では全く知られてはいなかった。

実は、私自身は以前から「長太郎と敬次郎はもしや異母兄弟なのでは」と思ったことがあった。その理由は以下の二つに拠る。

一つは、隆太郎が父白秋から聞いた話によると、敬次郎は「数学の天才のごとき頭脳の持主」であったそうだが、敬次郎の甥の白秋、鐵雄、義雄の三兄弟はいずれも数学が不得意であったこと。

二つには、長太郎が大層気難しい性格であったと、周辺の近親者から私自身が聞いていることや、その特殊な性格が白秋や鐵雄に以下のごとく詳しく描かれていることに拠る。

先ず、白秋の第二詩集『思ひ出』の序文「わが生ひたち」には、父について次のように述べられている。

頑固で、何時もむつつりした、旧い家から滅多に外へも出た事はなく、流行唄のひとつすら唄へなかつた私の父にも矢張り気まぐれな道楽はあつた。

このような書き出しで、巫女《みこ》や天狗使い、占い者、琵琶法師などの旅芸人を自宅に逗留させては彼らの「芸」を見物する一方、屋敷内にたくさんの牡丹と薔薇を栽培したかと思うと、薔薇を根こそぎ抜いて、次には朝顔といった具合に取り替え、動物の飼育では、何百羽もの鶏を飼ったあと、次には鶩《あひる》を、その次には単なる好奇心から豚を飼うといった、その移り気で投げやりな行為が描かれている。

もちろん、「わが生ひたち」は芸術作品であるから、多少の誇張も入っている可能性はあるが、白秋の次弟鐵雄も父長太郎については、

出ぎらひのお山の大将で、非常に我儘《わがまま》で癇癪《かんしやく》もちで頑固な親爺であつた。それでゐて気が弱くて、よつぽど怒らなければ人に小言も云へない人であつた。

（「幼きころ」、共著『回想の白秋』、一九四八年六月）

と始めて、あとは白秋の叙述と全く同じ、その風変わりな父親像を語っている。

さらに鐵雄は、長太郎の異常な行動についても書いている――少年の頃のある日、白秋と鐵雄が父に「芝居見物」をせがむと、たまたま機嫌の悪かった父の逆鱗《げきりん》に触れ、父は逃げ遅れた鐵雄を小脇に抱えて駆け出し、屋敷内を流れる小川に鐵雄をズブッと突っ込んだという。幸いに季節は初夏で、泣き叫んでいた鐵雄は後から追いかけてきた母と番頭から助け出されて事無きを得たのだが。

このように、カッと怒ると常軌を逸した行動につっ走るのは、きわめて特殊な性格、と言わねばならない。

総じて長太郎は、鐵雄も述べているように、「お山の大将」と「気の弱さ」という相反するような気質、振幅の大きな性格の持主であり、身内の者にとっては甚だ対応が難しい人物であった。

以上のようなことから、長太郎はものごころのつかない頃に実母と引き離されてしまい、専任の乳母や父親の後妻に、あたかも「腫れもの」に触るように過度に大事にされて成育したのではないか、と私はひとりで推測もしていたのだが、このたび、戸籍上の長太郎の母ヤスの死去、長太郎、弟敬次郎の出生の年月日の記載および「鶴田家に伝わる話」により、事実はほぼその通りであったと明らかになったのである。

なお、敬次郎は、長太郎の三度目の妻しけの妹もりと結婚して一男三女をもうけ、生前は北原本家の経理の仕事を担当していたが、一九一〇年七月一九日に四八歳で死去した。「熱病で急逝」と、隆太郎は父白秋から聞いている。前年暮れに北原家が破産し、おそらく心労も積もっていたのであろう。

敬次郎が没した時、長男正雄は一四歳であった。翌々年の一九一二年夏、中学伝習館四年生の正雄は同学年のいとこの義雄（白秋の末弟）と上京、白秋一家に同居して麻布中学に編入学した。

その後、さまざまな辛苦を味わい、一九二〇年に鐵雄が社主の出版社アルスに入社、経理に携わり、鐵雄を支えた。

一九三一年四月のアルスの倒産後は、同年九月に独立して写真専門の出版社「玄光社」を創立した。そして、手堅い経営手法によって事業は発展し、正雄が社長を退いた後は長男守夫が、守夫の後は守夫の次男で正雄の孫の浩が社長となり、現在も健在を誇っている。

鐵雄の出版社「アルス」も義雄の創立した美術出版社「アトリヱ社」もすでに消えてしまったが、正雄創立の「玄光社」が立派に活動を続けているのは、運や時代の動向もあろうが、数学に秀でた敬次郎の血筋が経営に生きている証かもしれない。

(三) 白秋と父長太郎

(1)

一八七七(明治一〇)年一一月一四日、海産物問屋と酒造業とを営む老舗「油屋」(「古問屋《ふつどいや》」ともいう)の、当時二一歳の長太郎と妻なみとの間に長男豊太郎が生まれた。

不幸なことに、翌一八七八年三月八日、豊太郎は生後四ヶ月で死亡し、翌一八七九年七月、長太郎はなみと離別した。

二年後の一八八一年五月、長太郎は二度目の妻いのと再婚し、翌一八八二年二月には長女加代が誕生する。

だが、翌一八八三年五月、長太郎は加代を手元にとどめ、いのと離別、同年一二月に三度目の妻しけを入籍している。

長太郎としけとの婚儀は、その年の三月に行われたと、しけの実家・肥後南関の石井家には伝わっている。したがって、いのは離籍の数ヶ月前には北原家を去って実家に戻り、離別も決まっていたと推測される。

長太郎の二度の離別の原因の一つが、長太郎の二人の姉、セキとヨシの介在である。

長太郎の二度目の妻いのの娘加代は、後年、実母いのから聞いた話として、「夫婦仲は良かったげなばってん、伯母さんたち（セキとヨシ）のやかましゅうて、毎晩、床に就いてから敷布団の下には涙ば拭いたちり紙のこう（こんなに）たまりよったげな」と家族に語っている。

とりわけ、嫁ぎ先が近郷であった長太郎の長姉セキは、絶えず実家の北原家に出入りしては、長太郎夫婦に干渉していたようだ。

長太郎の三度目の妻しけも、小姑のセキから過酷な仕打ちを受けていたことが、白秋の『風隠集《ふういんしゅう》』（一九四四年三月、墨水書房）所収の歌、小題「氷の皹《ひび》」によって明《あ》かされている。

セキはいずれも近郷の男性と二度結婚、二度離婚して実家に戻った後、一八九三年一月には実家の目と鼻の先に一戸を構えて分家し、実の娘たちと暮らしていた。その暮らしは実家の援助で支えられていたのだろう。一九〇九年暮れの北原家の破産後は上京して、巣鴨で製氷会社を営む、最初の結婚で生まれた息、大坪二郎の家に同居していた。

さて、一八八一（明治一四）年七月、長太郎の父嘉左衛門が死去した時、長太郎は二五歳であった。したがって老舗油屋（古問屋）の後継者としての教育は父嘉左衛門から十分受けていたはずである。

一八八五年一月二五日、長太郎としけとの間に待望の長男隆吉が生まれた。その後は、二、三年おきに、鐵雄、ちか、家子、義雄の順で誕生している。

しけは、肥後南関随一の蔵書家で初めての県会議員もつとめた人望高い石井業隆と、武家の出であるキギの長女として成長し、聡明で愛情深く、また「南関小町」と言われたほどの美貌でもあった。しけを迎えて、財政上でも繁栄していた北原家は安定し、長太郎の先妻いのの娘加代を含めたきょうだい六人は、「黄金の子ども時代」を過ごしたのである。

一八九七年四月には隆吉が二年飛び級で旧藩校の名門、県立中学伝習館に合格、長太郎もさぞ満足したことであろう。

ところが一九〇一年三月末、沖端《おきのはた》の大火が飛び火して、北原家は酒倉とできたばかりの大量の新酒および古酒を焼失、副業として営んでいた銀行業も潰えるという悲運に遭った。当時、長太郎は四四歳、一六歳の隆吉はすでに前年より与謝野鉄幹編集の雑誌「明星」を愛読して文学熱を高めていた。同年五月には隆吉の妹ちかがチフスで死去、母方の祖父石井業隆も没する不幸が相ついだ。

大火による類焼を蒙った後、長太郎は以前よりも立派な酒倉を建てて家業の復興をめざすが、経営は次第に翳《かげ》りを帯びてくる。

一説によると、酒はふつう縁起物として祝いの席で用いられることが多いため、一九〇一年三月の大火後の北原酒造店の酒（代表銘柄は「潮《うしお》」）は、「火事に遭った酒」として遠ざけられる風潮が生じ、次第に売れゆきが悪くなって販売不振に陥ったという（川島智生「白秋の造り酒屋・北原酒造」、「醸界春秋」82号、二〇〇三年七月、醸界通信社）。

また、副業の銀行が倒産した被害も大きかった、と隆太郎は叔父鐵雄から聞いている。

ところで、同年、中学伝習館四年生の隆吉は、文学好きの友人たちと回覧雑誌

「蓬文《ほうぶん》」を創刊、雅号を「白秋」と定め、詩人志望を深めていた。言うまでもなく、「文学」にめざめて家業を継ぐ気など毛頭無かったのである（以後、隆吉は白秋と記す）。

翌一九〇二年には白秋の投稿した短歌が「福岡日日新聞」の「葉書文学」欄や中央の文芸投稿誌「文庫」の歌壇（後には詩を投稿して、詩壇）に掲載されると、ますます歌作、詩作に熱中し、次第に学業を怠り、学校も休みがちとなった。

一方、父長太郎は営業不振に陥った家業が傾いていく中、長男の白秋に中学卒業後の家業への寄与を期待していただけに、当然、白秋を難詰《なんきつ》し、父子は激しく衝突した――たとえば、長太郎は「明星」などの文芸雑誌が目につくと、即座にビリビリと引き裂き、それに激怒した白秋は暴れ、家内中が沈鬱な空気に沈む、といったありさまであった。その内、白秋は雑誌を家の外に隠し、夜に取り出しては月の光で読んだ、との逸話も伝わっている。

このように、白秋の文学への傾倒を敵視し、文学書を読むことを禁じる父長太郎への反感から「神経衰弱」になった白秋は、同一九〇二年の中学五年生の後半を休学し、冬には阿蘇山麓の栃木《とちのき》温泉で療養している。

白秋の行く手を阻み、白秋の眼前に巌のごとく立ちはだかる父長太郎こそは、白秋の詩歌への志、詩人志望をますます強固に、ますます燃え上がらせた存在でもあったと言える。

結局、一九〇四年三月、数学教師との衝突による中学伝習館の中退、そして念願の上京と早稲田大学高等予科文科への進学は母しけの取りなしで、ついに長太郎も黙認することになった。

(2)

一九〇四年五月、希望に溢れて入学した早稲田大学であったが、ほどなく白秋は坪内逍遥の講義以外にはほとんど出席せず、図書館にこもって、主に西欧文学書を耽読して過ごすようになった。そして、早くも翌春には早稲田を退学、詩作に没頭する道を歩み始める。

白秋は上京後もしばらくは河井酔茗が選者をつとめる「文庫」に詩作を投稿、発表していたのだが、やがて「文庫」の詩風に飽き足りず、一九〇六年春には与謝野寛（鉄幹を改名）の勧めによって、寛の率いる新詩社に加わった。

そして、機関誌「明星」に、後に第二詩集『思ひ出』に収める「紅き実」、「車上」など完成度の高い詩を発表し、才能の開花期に入った。同時に、「明星」同人の茅《ち》野《の》蕭々《しょうじょう》、吉井勇、木下杢太郎、石川啄木ら、同世代の才能豊かな詩歌人と知り合い、刺激を受けた。

しかし、一九〇八年一月、自立した一詩人としての自由な活動を求め、親友の杢太郎、勇らと新詩社を脱退、同月、象徴詩「謀叛《むほん》」を「新思潮」に発表したのをはじめ、以後は多くの象徴詩風の作品を諸雑誌に発表する。

翌一九〇九年三月、蒲原有明、薄田泣菫の象徴詩の系譜を継ぎ、且つ近代的な感覚、官能の解放もこめた第一詩集『邪宗門』を易風社より刊行し、その扉の後には次のごとき「父上に献ぐ」との献辞を記している。

父上、父上ははじめ望み給はざりしかども、児は遂にその生れたるところにあこがれて、わかき日をかくは歌ひつづけ候ひぬ。もはやもはや咎め給はざるべし。

すなわち、父長太郎の意向に逆らって家業を継がず、詩人となる道を歩んできた白秋は、自らが「詩人となった証」を『邪宗門』によって父に示さずにはおれなかったのである。そして、この「献辞」は、詩人となった自分を父に納得してもらうためでもあった。

なお、『邪宗門』五〇〇部の出版費用は易風社との折半による負担で、計二五〇円を白秋は父から出費してもらっている。

長太郎も『邪宗門』の出版を喜び、債権者たち数十人に配ったそうだが、巨額に膨らんでいた借金が消えるはずもなく、同年暮れ、北原酒造店はついに破産した。

破産後の北原家は家財の白昼競売という屈辱まで味わうことになるが、一九一一年六月刊行の白秋の第二詩集『思ひ出』（東雲堂書店）が当時の文壇の指導的立場にいた上田敏から絶讃されたのをはじめ、世の讃辞を浴びて、白秋は一躍、文壇の寵児となった。

かくて、白秋は同年一一月、東雲堂書店より編集を一任された月刊の芸術雑誌「朱欒《ザンボア》」を創刊する。同誌には敏、有明、永井荷風、晶子らをはじめ、杢太郎、勇、谷崎潤一郎、志賀直哉、斎藤茂吉らが執筆、白秋は編集に手腕を揮い、詩歌、詩文章をも発表して縦横に活躍する。大手拓次、室生犀星、萩原朔太郎ら無名の詩人も「朱欒」にてデビューした。

これらの慶事は柳川の破産した北原家に「光明」をもたらし、翌年、家族は次々に上京し、白秋、鐵雄の住む借家に同居する。

ところが同年夏、白秋は交際していた松下俊子の夫長平から金銭目当てに告訴され、七月六日、市ヶ谷の未決監に拘留されるという事件が勃発した。白秋にとっては「自殺」さえ思った大きな衝撃を受けた事件であり、家族にとっても、破産、家財の白昼競売に続く屈辱の事件であった。

この後、すぐに鐵雄が奔走して松下とは示談が成り、白秋は七月二〇日に保釈、八月一〇日には免訴となった。なお、示談金三〇〇円は最終的には長太郎が出した、と隆太郎は鐵雄から聞いている。北原家には江戸時代に蓄えられていた小判が多少残っていたようだ。

翌一九一三（大正二）年五月、白秋は両親の同意を得てすでに松下家を去っていた俊子と結婚、新生を期し、一家を挙げて三浦三崎へ転居した。

しかし、東雲堂書店より編集を委されていた「朱欒」は書店の都合で廃刊に追い込まれ、白秋は主な収入であった月四〇円の編集費を失い、経済面で苦境に陥る。

一方、父長太郎と弟鐵雄の始めた魚類仲買業も順調にはいかず、不安定な暮らしの中で長太郎と白秋との仲はしばしば険悪になった。


わが父を深く怨むと鰻籠蹴りころばしてゐたりけりわれ　（『雲母《きらら》集』）

父との当時の不仲から生まれた歌である。

同年九月、魚類仲買業は鐵雄が詐欺に遭って失敗に終り、両親と弟妹は帰京、鐵雄は晶子の世話で金尾文淵堂の見習社員となった。

白秋と俊子は三崎に残り、見桃寺に仮寓するが、翌一九一四年三月、肺を病む俊子の療養のため、小笠原父島へ渡った。

しかし、島は物価高や病人に対する島民の白眼視などで生きづらく、六月に帰京して家族とは別居するが、俊子と両親の不仲、俊子の異性との交遊、貧しい暮らしなどから夫婦喧嘩の末に、八月、白秋は俊子と離婚した。

破婚によって負った傷は深かったが、両親、弟妹の住む麻布坂下町の家に同居した白秋は、同年九月には「地上巡礼」（前年一一月に創立した詩歌結社「巡礼詩社」の機関誌）を創刊、短唱と短歌より成る『真珠抄』も刊行、年末には漢字と片仮名による新たな唱名風の詩集『白金《ハッキン》之《ノ》独楽《コマ》』を出版するなど、再起すべく、必死に詩業に打ち込んだ。

翌一九一五年四月、白秋は金尾文淵堂を退いた鐵雄と共に、一家の生計を立てるためもあり、阿蘭陀書房を創立、芸術雑誌「ARS」を創刊して、詩業と出版業との両面活動を始める。

「ARS」では顧問の鷗外、敏をはじめ、晶子、有明、白秋、杢太郎、高村光太郎、谷崎潤一郎、朔太郎、犀星、拓次ら豊かな才能、異才異能の持主が活躍し、その華麗さは当時の文学青年たちを瞠目させるが、同年一〇月には書房の経営難から休刊、結局、廃刊となった。

白秋が俊子との離婚後、家族と共に暮らした一九一六年五月までの麻布坂下町時代は、父長太郎が時折不機嫌になることはあったが、両者の仲はほぼ修復されていた。家族が肩を寄せ合って暮らす当時の貧しい日々の哀歓は歌集『雀の卵』の「雉の尾」四四首に詠まれ、中でも父に関わる歌は三〇余首もあり、ここではその内の三首のみを引いておこう。

父母《ちちはは》の寂しき閨《ねや》の御目ざめは茶をたぎらせて待つべかりけり
ただささへも術《すべ》し知らぬを貧しとて貧しき子らに父の嘖《ころ》ばす
もの云へば涙ながれむこの父になに反抗《あらが》はむ我や父の子

当時の長太郎は五八、九歳、紛れもない老爺である。白秋と鐵雄の始めた阿蘭陀書房も経営は綱渡りの状態で、かろうじて飢えを凌ぐような暮らしであった。その不如意な日々、甲斐性の無さを父から嘖ばれても、もはや父に抗う気も起こらない、すでに「人生の辛酸」を十分に味わった三十路の白秋であった。

一九一六年五月、白秋は江口章子と結婚し、書房の一切を鐵雄に委せて、自らは創作に専念するため家族を離れ、江戸川を越えて千葉県東葛飾に移る。両親には毎月、決まった額を送金する約束の上での別居であった。

一ヶ月後には府下南葛飾に転居するが、翌年五月までの約一年間の葛飾時代は、白秋が『雀の卵』の歌稿の推敲に力を注ぎ、新たな原稿の注文も断わることが多かったため、窮乏の日々であった。

だが、白秋と父長太郎の仲はお互いを受容する穏やかな関係となっていた。離れて暮らしたことも幸したようだ。

父の背に石鹸《シャボン》つけつつ母のこと吾が訊《き》いてゐる月夜こほろぎ　（『雀の卵』）

同年秋、長太郎が娘の家子と府下南葛飾の白秋居を訪ね、泊まった折の、いかにも和やかなふれあいを感じさせる一首である。

翌一九一七年六月、白秋と章子は東京に転居、間借り暮らしの後、翌七月の阿蘭陀書房の倒産を契機に、八月には本郷区動坂の粗末な長屋に移り住む。ここで、自らが作歌に行き詰まっていたことや生活の窮乏から「紫烟草舎解散の辞」（前年六月に「巡礼詩社」を「紫烟草舎」と改称）を書き、同人たちとの師弟関係を解消する。だが、翌一九一八年になると章子が胸を病み、三月には医師の勧めで章子の療養のため、小田原町御幸浜の養生館に仮寓した。

幸いに章子は快方に向かい、四月には小田原町十字町の借家に移り、七月には鈴木三重吉創刊の児童向け雑誌「赤い鳥」に創作童謡の「りすりす小栗鼠《こりす》」、「雉《きじ》ぐるま」を発表、生活にもほのかな日差しが見えるようになった中、東京に住む両親を呼び寄せた。

両親は阿蘭陀書房の倒産後、ほどなく出版社アルスを興した鐵雄、末子の義雄と同居していたが（家子は一九一七年九月に画家山本鼎と結婚）、アルスの経営も「火の車」で、連日、債権者が押しかけて来るような騒々しい暮らしを白秋が気の毒に思い、両親を小田原の借家に招いたのである。

しかし、長太郎の気難しい性格や章子が病身であることなどから同居は一ヶ月も続かず、両親は再び東京の鐵雄たちの住む家に戻った。

同年一〇月、白秋は、訪客を避けて執筆に専念するため、且つ生活費を切り詰めるため、小田原の通称「天神山」の浄土宗寺院伝肇寺の二間に移り、雑誌「大観」に詩文章「雀の生活」の連載を始め、散文の分野での本格的な活動に乗り出した。

翌一九一九年三月には小説「葛飾文章」を「中央公論」に発表し、このころからようやく窮乏生活を抜け出ることができた。そして、同年七月には伝肇寺境内に萱屋根に藁壁の通称「木兎《みみずく》の家」と方丈風の書斎とを建てた。

翌一九二〇年になると、同じく伝肇寺境内に洋館の新築を企てて、五月二日、その地鎮祭兼園遊会を催すが、夜の宴席で、催しの派手なやり方をめぐって章子と鐵雄、義弟の山本鼎とが激しく口論し、章子は「大観」の記者池田林儀と出奔してしまう。池田は、以前から章子が秘かに恋していた相手であった。結局、同月末、白秋と章子は協議離婚をした。

(3)

一九二一（大正一〇）年四月、白秋は美術評論家・河野桐谷夫妻の紹介で知った佐藤菊子と結婚する。

貴金属品を商う大分の老舗「奈良屋」に生まれた菊子は、国柱会（一八九一年、田中智学が創立した日蓮主義の宗教結社）の信者の母に育てられて慈しみ深く敬虔な人柄であり、白秋は穏やかな家庭生活に恵まれた。

翌一九二二年三月には長男、一九二五年六月には長女も生まれ、白秋の童謡創作は質、量においてますます豊かになった。

白秋の二人の子どもの誕生は、長太郎、しけにも大きな喜びをもたらし、白秋、菊子夫妻との融和に繋がったことは言うまでもない。とりわけ、長男隆太郎の誕生は白秋の両親にとって北原家の初孫であり、その誕生後は出不精のしけも東京から単身、小田原の白秋居へ手伝いに来て長く滞在している。

日常、白秋と菊子は東京に別居している両親に何かと配慮を忘れなかった。たとえば、春には自宅竹林の筍の掘り立てを送り、秋には到来ものの松茸を「お福分け」と称して届けたりしている。

一九二四年一月、国柱会の田中智学より白秋と菊子が静岡県三保の最勝閣に招かれた折には、両親を伴い、四泊している。

同年四月には小田原に招いた両親を箱根湯本の温泉に案内、共に宿泊して寛いだ。白秋一家は一九二三年九月一日の関東大震災に遭って半壊した家になおも二年半暮らしていたが、一九二六年五月、府下下谷区谷中（現、台東区）に転居したのは、半壊の家に住む危険を思い、且つ両親が東京への転居を強く望んだことによる。

両親は、白秋末弟の義雄（アトリヱ社社長）の家族との同居が最も長かったが、白秋、菊子の孝行には満足していたようだ。白秋宅から両親には毎月二〇円届けられていたことが、菊子のつけていた「家計簿」で分かっている。

ここで、「両親」という表現について一言述べておきたい。実は、壮年期までの白秋の父長太郎への思いと、母しけへの思いにはかなりの隔りがあった――乳母に育てられた白秋は母しけに対しては、「聖地のやうな清らかな輝きとして仰がれるばかりだ……わたくしの今日あるのは全く母のお蔭だとひれ伏される……母はわたくしの霊の救ひ主だ」といった具合に桁はずれの讃仰と感謝の言葉を連ねているが、父長太郎に対しては、「肉親の情以外には、父には感心しない点が可なりに多い」と批判的に書いている（「この母を持つ幸福」、「短歌月刊」、一九三〇年三月）。

しかし、その後、四〇代の半ばを越え、初老期に入った白秋には、父長太郎を「敬愛し、大恩ある母の唯一無二の伴侶」として観る眼指も深くなり、一九三二（昭和七）年頃には、父と母は差別なく「両親」として、篤い敬愛の対象となったようである。

同年一一月五日、父長太郎の喜寿と両親の金婚を祝い、義雄宅に北原一族が集うが、次はその賀宴を詠んだ一二首中の一首である。

うちそろひて老づく子らを父と母世にますことのありがたく泣かゆ

（『白南風《しらはえ》』）

当時、白秋は四七歳。一九三〇年代に父親の喜寿と両親の金婚とを祝えるのは稀なことである。歌の「ありがたく泣かゆ」との単純、素朴な字余りの末句が清々しく響く。

一九三五年春、五〇歳の白秋は一大決意の下、「多磨短歌会」を結成し、六月にはその機関誌「多磨」を創刊、「多磨」を通しての活動を自らの芸術活動の主軸とした。

だが、『新万葉集』の選歌などによる過労から一九三七年秋には糖尿病が原因の眼底出血をおこし、以後は薄明生活を余儀なくされる。

やがて視力が失明寸前の状態に衰えても、「多磨短歌会」の主宰の仕事をはじめ、以前と変わらぬ執筆活動を続けることができたのは、秘書や家人の助力もあったが、何よりも多年の詩歌への精進で培われた胆力によろう。

一九四一（昭和一六）年三月には、「福岡日日新聞」文化賞の受賞式に出席のため、妻子を伴って九州へ立ち、式後は、柳川、肥後南関、人吉、宮崎、大分、奈良への巡歴も果たした。

四月六日の帰京後は病勢が進み、外出も稀になるが、同年五月には島崎藤村、窪田空穂と共に芸術院会員に選ばれる栄誉を受けた。

特筆すべきは、同年一一月から死去一ヶ月前の翌一九四二年一〇月はじめまで、白秋の強い希望で、その頃鐵雄宅で暮らしていた両親を杉並区阿佐ヶ谷の自宅に迎えて同居したことである。すでに不治の病の身の白秋は、自らの余命を自覚し、「最後の親孝行」を為そうと思ったのである。

昼寝《ひるい》すと髯は白かる素裸に現《うつつ》坐《ま》さざりあてに褌《たふさ》ぎ　父、雅道翁（『牡丹の木《ぼく》』）

一九四二年夏、白秋が同居中の父長太郎を詠んだ最後の一首。歌の下方に「父、雅道翁」と記したところにも、父への敬愛が窺える。「雅道翁」の号を呈したのは白秋であろう。

この一年間ほどの両親との同居中に、白秋が憂慮される病状の上、しげが脳軟化症を患って、菊子の心身の疲労は限界まで達していたようだ。「お祖父様、お祖母様との同居の頃は、時折、さしこみ（胃けいれん）を起こしていました」と、菊子自身から私は聞いている。

同年一一月二日、白秋は腎臓病の悪化で五七歳九ヶ月の生涯を終えた。

その二年四ヶ月後の一九四五年二月二五日、長太郎は疎開先の信州にて老衰のため八八歳で死去、三日後、しけも後を追うように没している。

長太郎は信心深い性質で、若い頃は父嘉左衛門の信奉する神道の一派の黒住教に、後には金光教に凝ったが、一九二七年頃からは日蓮正宗に帰依し、毎日一万遍、「南無妙法蓮華経」とお題目を唱えるのを日課としていた。

次は、長太郎の信心の深さに白秋が奮い立つ一首。

愛児《まなご》我などかたゆまむこの父の夜もおちず通ふ御声とほれり　（『白南風』）

ただ、長太郎の怒りっぽく癇癪持ちの性格は老齢を重ねるにしたがって幾分穏やかにはなっていったようだが、外孫の山本太郎（鼎と家子の長男、詩人）は、幼少年期に長太郎から厳しく叱られたせいか、祖父のことを辛辣《しんらつ》に書いたり、話したりしていた。

一方、内孫の隆太郎は、「幼い頃、僕がお祖父様の膝の上に乗ってまっ白い長い髯に触っても怒られたことはなかった」とか、「僕がお祖父様のところに行くと、よくお菓子を下さった」とか、敬愛と懐かしさのこもる眼指で語っていた。

菊子は、「お祖父様はとても純粋な方でしたね」と、敬虔な面持ちで話していた。さらに、「北原一族の結びつきは強かったですね」と、一度ならず語っていたが、一族の強い絆が形成された背景には、次の三つが考えられるように思う。

一つには、一九〇九（明治四二）年暮れの北原家の破産後、一九一二年に両親、弟妹も上京し、家族が肩を寄せあって暮らしていた数年間、白秋の不幸な恋愛事件、鐵雄と長太郎の事業の失敗、窮乏の生活、白秋の破婚、鐵雄の出版社の倒産など、一族に次々と降りかかった苦難に、共に堪え忍んできたこと、二つには長太郎としけが最晩年は別として健康に恵まれ、常に一族の中心に仰がれて存在したこと、三つにはきょうだい各々が浮沈はあっても努力を重ね、各々の道で能力を発揮し、社会において確かな位置を築きえたこと、などである。

むすび

一九二九（昭和四）年九月一五日、鐵雄の出版社アルスより『白秋全集』全18巻の刊行が始まるに際して、同月一〇日、全国の大新聞の第一頁全面に『白秋全集』の巨大広告が掲載された。

その冒頭に置かれた「『白秋全集』の刊行に寄せて」と題する白秋の挨拶文には、次のような一節がある。

……私も詩に志して三十年、作品の堆積には一応の整理を今日にも必要とします。深く羞恥は感じながら、また、私共の此の多年の苦闘の跡を献げて鬢髪《びんはつ》白い両親の下に聚《あつま》る童子の郷愁を以て、大方の寛恕をさへ求めたく思ひます。

これによっても、両親の存在が白秋の「苦闘」の励みであったことが明らかであろう。

白秋の苦闘——詩歌の創作を中心とした芸術に対する徹底した精進と膨大な量の仕事への猛進——には、破産して離郷したままの両親をいつの日か伴って柳川へ帰り、共に故里を逍遥したいとの恍惚たる想いも、白秋の胸底に秘かに燃えていたのではなかろうか。

一九三〇年五月、八幡製鉄所所歌制作の依嘱を受けて北九州へ赴いた白秋は諸用を済ませた後、柳川を訪ねるが、その折、郷土の人たちから両親の帰郷を熱心に勧められる。白秋も、両親にとっては、年齢の上から今が帰郷できる最後の機会と思い、再三、両親に帰郷を促す長電を打ち、弟妹たちにも両親の説得を依頼する電報を打ち続ける。

そして、両親と共に柳川をそぞろ歩く姿を瞼に浮かべては、わななく胸をかき抱いていた白秋だが、届いた返電は、「カナリヤノヒナウマレタ、カヘレヌ、チチ」であった。

ぶちのめされてしまった白秋は、「流石だ。やっぱり私の父だ。私は負けた私を泣いて喜ばねばならなかつた」と、随筆「カナリヤ孵《かへ》る」(「改造」、一九三二年九月)を結んだ。

かつて一九一七(大正六)年、白秋は鐵雄の営む阿蘭陀書房より刊行予定の第三歌集『雀の卵』の再校に目を通している内、その歌作の未熟さを納得できなくなってしまった。

一方、『雀の卵』の出版で経営危機を乗り越えようとしていた鐵雄をはじめ、母しけや弟妹たちからは再三、再四、校正を早く済ませてくれと懇願されるが、白秋は「芸術的良心は曲げることができない」と拒み続け、ついに阿蘭陀書房は倒産してしまう。

かくのごとく、白秋が芸術創作の精進において徹底したように、父長太郎は故里柳川への思いの断念において徹底したのである。

最後に、一九〇九年暮れの北原家の破産以後、白秋が父長太郎から受けた「影と光」について、少し触れておきたい。

破産の折、白秋は長太郎の長男として、父の借用証書に連帯保証人の署名と押印をせざるをえなかった。

このため、以後数年間は、白秋の住まいに債権者たちの訴状による裁判所からの召喚状が幾度となく舞いこみ、白秋はそれらの受け取りを避けるために、内心おびえながら度々転居をくり返している。時折は、債権者自身から住居をつきとめられ、家に乗りこまれたこともあった。菊子の話によると、一九二四、五年頃、小田原の住まいにも債権者が押しかけてきたそうである。「食事のおもてなしをして、手土産をお持たせして、帰って頂きました」と言っていた。

また、給与生活者ではない、筆一本で生計を立てる詩人の白秋にとって、とりわけ窮乏時代の一九一八年頃までは、月々の両親への仕送りはかなりの負担であったが、「私は父上の請求に対して一度も謝絶したことは無い」と、同年七月四日付の「北原義雄宛書簡」に述べている。

父の子であるがゆえの苦しみも少なからず味わった白秋だが、壮年期以降は両親に対して命尽きるまで、敬愛と礼を尽くした。

一方、父長太郎は眼を病む知命を過ぎた白秋に、「お前の眼は必ず私が御先祖にお願ひして癒してあげる」（「薄命に坐す」、「讀賣新聞」、一九三八年三月）と言い、一心に祈る日々を送った。

すなわち長太郎は、白秋に常に長男としての責任を負わしめる「重い存在」であり、同時に、白秋を見守り、白秋のために祈り続ける「忝い存在」であった。

父長太郎の存在が白秋の人としての成熟と詩業とを鼓舞し続けたことは明らかである。

なお、一九二七年以降の白秋は「古代新頌」（『海豹《かいひょう》と雲』、一九二九年八月、アルス）をはじめ、古代神の世界に思いを寄せた詩作を展開してゆくが、これは、

わが歌はわがものならず御祖神《みおやがみ》くだし幸ふ和《にぎ》の言霊　（『牡丹の木《ぼく》』）

と詠んでいるように、父長太郎を通しての祖先への思いと呼応して通底する、古代への憧憬の詩化、芸術化と推察される。

3　白秋の従姉《いとこ》

白秋の第二詩集で出世作の『思ひ出』には「従姉《いとこ》」が、以下のごとく三度登場する。

その一。序文「わが生ひたち」8の冒頭部。

かういふ最初の記憶はウオタアヒアシンスの花の仄かに咲いた瀦水《たまりみづ》の傍《そば》をぶらつきながら、従姉《いとこ》とその背《せな》に負はれてゐた私と、つい見惚《みと》れて一緒に陥《はま》つた――その生命《いのち》の瀬戸際に飄然と現はれて救ひ上げて呉れた真黒な坊さんが……（略）

その二。詩「夕日」の第三連。

こんな日がつづいて
従姉《いとこ》は気が狂つた、
片おもひの鶏頭、——
あれ、歌ふ声がきこえる。

その三。詩「わが部屋」の第四連。

わが部屋に、わが部屋に
弊私的里《ヒステリー》の従姉《いとこ》きて
蒼白く泣けるあり。
誰なれば誰なればかの頭《あたま》
医者のごと寄り添ひて眠《ぬ》るやらむ。

この「従姉《いとこ》」とは一体どういう人物なのか。そう自問しながら、私は長い間その答えを「北原家家系図」をはじめ、他のいろいろな資料の中にも見出せないでいた。もちろん、『思ひ出』は一個の芸術作品だから、事実そのままの叙述や描写ではなく、事実の誇張や虚構の要素も含まれていよう。しかし、「従姉《いとこ》」に関しては、具体性に富み、前出のその二の「気が狂つた」、その三の「弊私的里《ヒステリー》」という共通性も認められ、実在の「従姉《いとこ》」と推察された。

ところで、二〇〇四（平成一六）年夏、夫隆太郎の没後の手続きのために取り寄せた、出生から死亡までの全五通の戸籍謄本の内、最も古い謄本（戸主は白秋の父長太郎）の中に、図らずもこの「従姉」の存在が記されていたのである。これについては後述する。

白秋の父長太郎に、セキ、ヨシという二人の姉がいたことは、「北原家家系図」で分かっていた。

白秋にとっては伯母であるセキ、ヨシのどちらかは、第四歌集『風隠集《ふういんしゅう》』所収の「氷の鏬《ひび》」と題されるその会葬の歌全三二首に詠まれていた。その内の二首を次に掲げる。

死顔のこの鋭《と》き鼻よこの伯母ぞ吾が母に最《もと》も辛《つら》く当らしき　（死顔）
伯母の御の死顔見れば土の鳩ほろこほろこと吹きし日泣かゆ（幼き日を思ひて）

これらの二首には、この伯母こそ自分の愛する母しけに最も辛く当たり、母を苦しめた人ぞ、という醒めた思いと、伯母が自分を慈しみ、与えてくれた素焼の鳩をよろこんで吹いていた幼き日が甦えり涙がこみ上げるという、複雑な心理が揺らめいている。

「氷の鏬」の初出は一九二六（大正一五）年三月刊の歌誌「日光」である。その全三二首の内容から、伯母の会葬は同年一月頃と推測される。

当時の白秋は、雑誌「赤い鳥」と歌誌「日光」に拠る芸術活動を中心として、多忙をきわめる身であった。にもかかわらず、伯母の息で喪主の従兄、大坪二郎宅（府下巣鴨、現、豊島区）に三泊し、最終日には「礼まはり」までつとめている。

このような伯母の会葬への並はずれた肩入れ、関わりようを私は訝しんでもいたのだが、それも先述の最古の戸籍謄本によって氷解した。

謄本によると、長太郎の次姉ヨシは一八八八（明治二一）年一一月に徳島の生田源七に嫁いでいた。従って、白秋との関わりは薄い。

一方、長太郎の長姉セキは一八八五年八月、福岡県山門郡外町の大坪庄太郎と離婚、五年後の一八九〇年七月、山門郡沖ノ端村大字矢留村の山口酉之助と離婚して北原姓に戻り、三年後の一八九三年一月に山門郡沖ノ端村大字沖ノ端町三六番地（実家の北原家は沖ノ端町五五番地）に分家をしていたのである。

また、セキには一八七七年七月生まれのシゲと一八九〇年生まれのキセという二人の娘があり、謄本には、母に従い分家、と記載されていた。

つまり、長太郎の長姉セキは、大坪庄太郎と離婚した一八八五年八月、娘シケ、（当時八歳）を連れて北原家に戻り、次に山口酉之助に嫁いで娘キセが生まれるも、半年後の一八九〇（明治二三）年七月には山口とも離婚、再び北原家に戻り、三年後に実家のすぐ近くに一戸を構えて分家し、シケ、キセの二人の娘と暮らしていたと判明した。

言うまでもなく、「氷の鱒」に詠まれた「伯母」とは、分家の北原セキのことである。セキは、水産物問屋と酒造業とを兼ねる実家の北原本家に頻繁に出入りしては、白秋の母である弟嫁のしけを、小姑として意地の悪い言葉や行為で苛んでいた、というわけである。

一九〇九年暮れに北原家が破産した後、白秋の両親や弟妹は三年後の一九一二年、白秋を頼って次々と上京する。おそらくセキ母娘も上京し、すでに東京で独立していた実子の大坪二郎（セキと最初の夫大坪庄太郎との間に生まれ、離婚の際は大坪家にのこされた）の家に身を寄せたと推測される。

この伯母セキの死去に際し、白秋が大坪家に四日も滞在して葬儀の諸行事に立ち会ったのは、セキが北原家の分家の伯母であり、北原本家の戸主長太郎の代理としてのつとめを果たした、ということであろう。

さて、元に戻ると、『思ひ出』に登場する「従姉《いとこ》」とは、伯母セキの長女で、白秋より八歳年長のシケであった。シケは幼い頃から母セキの離婚、再婚、離婚、分家といったためまぐるしく変化する境遇に置かれて情緒不安定の部分が性格に生じてしまい、思春期に到って、「気が狂」う症状が表れたように推測される。

白秋は一七歳の時、「明星」などの文芸書を敵視する父長太郎との葛藤から神経衰弱に陥り、「狂人の真似」をした、と随筆「上京当時の回想」(「文章世界」、一九一四年九月)で述べているが、白秋の幼少年期に身近にいた「気の狂」った従姉シケの存在が何らかの影響を与えた可能性はあるのではなかろうか。

4　白秋と次弟鐵雄《てつお》――アルスをめぐって

白秋が没後七〇年ほどの現在も誤解を受けていることの一つに、次弟鐵雄（一八八七―一九五七）の出版社アルスとの関わりがある。すなわち、白秋が鐵雄を動かしてアルスを経営させた、との誤解である。

その事実誤認の例として、三木卓著『北原白秋』（筑摩書房）における記述を挙げねばならない。

三木氏は、鐵雄が阿蘭陀《おらんだ》書房を経て、一九一七（大正六）年七月、アルスを創立した後、「白秋は自前の出版機構をずっと持つことになった。白秋を中心とした北原家の護送船団が成立し、それがずっと続いていくことになる」とか、「自前の出版社をもつこと、主宰の雑誌を刊行すること、それはたえず白秋の自己を守る戦略の中にあった」とか、史実誤認の自分勝手な思いこみを粉黛《ふんたい》を施した表現を操って断定している。

以下、その誤認を証しよう。

鐵雄が一九一三（大正二）年秋、二六歳で出版界に身を投じたのは、白秋が勧めてのことではない。そのいきさつは一九四九（昭和二四）年四月、白秋長男の隆太郎が、当時、東京中野区に住んでいた叔父鐵雄を訪ねて聞き書きした「ノート」に詳しく記されており、次に引用する。なお、括弧内の註は筆者が付したものである。


一九一三（大正二）年夏、三浦三崎での魚類仲買業に失敗し、「出版の仕事がしたい、東雲堂（註、白秋の詩集『思ひ出』、歌集『桐の花』、主宰の雑誌「朱欒」などを刊行した出版業者）に紹介してくれないか」と兄に頼むと、「出版なんか駄目だ」と言った。それで、自分で直接、与謝野晶子さんに、「どこか出版社を紹介してほしい」と頼んだ。晶子さんが紹介して下さったのが金尾文淵堂だ。

同年九月に兄夫婦を三崎に残し、一家で東京に引き揚げた後、文淵堂の主、金尾種次郎さんに会い、文淵堂に勤めることになった。

初めは晶子さんの『源氏物語』の訳稿を原稿用紙に一枚二銭の割で清書する仕事だった。一ヶ月ほど経って、金尾さんから「本当に出版屋になりたいのか」と訊かれた。当時の文淵堂は、金尾さんの他に社員一人、小僧一人で貧しく、来るのは借金取りばかりのありさまだった。

自分は朝、文淵堂を出て、広告取りや印刷所をまわるなどのいろいろな雑用をこなし、夜一二時ごろ文淵堂に帰り、泊まりこんだ。金尾さんは電車賃も月給もくれなかった（註、当時、鐵雄は無給の見習い社員）。

そこで、兄の本（『真珠抄』）を出すことにして印税を前借りし、小笠原で困窮している兄（註、一九一四年三月から六月まで、白秋は肺患の妻俊子の療養のため小笠原父島に滞在）に金を送った。

以上のように、鐵雄は兄白秋の助力は得ず、自らの強固な意志で出版界に入ったのである。

一九一五年四月、鐵雄は財政難の金尾文淵堂から独立して、白秋と共に阿蘭陀書房を創立するが、書房の実質的な主は、もちろん、出版の仕事を習得した鐵雄であり、白秋は創作の傍ら、執筆依頼や編集、装幀などを手伝ったに過ぎない。

ところで、最初の妻俊子と一九一四（大正三）年八月に離別していた白秋は、ほぼ二年後の一九一六年五月に江口章子と再婚すると、創作に専念するため、出版の仕事からは一切身を退き、すべてを鐵雄に委せて千葉県東葛飾郡真間（現、市川市）に転居するが、以後は、自らの乏しい収入から毎月、定まった額の金を東京の両親に送る約束となっていた。

翌一九一七年六月には再び東京に移り、京橋区（現、中央区）での間借り暮らしや本郷動坂（現、文京区）での貧窮の長屋暮らしを経て、一九一八（大正七）年春、小田原へ転地した。一〇月には節約のため、通称お花畑《はなばた》の借家から山中の浄土宗寺院伝肇寺の二間に移っている。

私は、白秋の妻菊子から、「収入が不定で、お金の足りない時はお米など掛けで買っていましたが、毎月の決まった日にお祖父様お祖母様（白秋の両親）のところにお金が送れないと、隆吉のところからの金はまだか、と言って待っておられるというので、困ったこともありました」と、直接に聞いている。

さらに、白秋が鐵雄を描いた次のような未発表の詩文章を拙宅にて見出した。

アルスの脳髄

アルスの脳髄は弟の鐵雄である。
兄の白秋ではない。
兄が分身の弟をして動かしてゐるのがアルスではない。
弟自身の天分と熱情と活力とがアルスを創造した。
兄は兄自身の詩を生む。
そこで、弟自身の詩はアルスでなければならない。

一の天才としての俤《おもかげ》が、
アルスの脳髄を金《きん》のやうに見せてる。

これは、縦一五字、横一五行、青罫、左端下部に〔アルス新聞〕と名入りの原稿用紙にペンで書かれている。アルスの広告紙「アルス新聞」（一九二四年から一九二五年にかけて発行）に掲載予定の稿が、何らかの事情で未発表に終ったものであろう。この稿により、白秋が弟鐵雄の天分を認め、アルスは弟の作った独立体、と観ているのは明白である。

また、経済面についても、「金銭に関しては、私は弟でも印税以外には申出たくない潔癖を正しいと思つてゐます」（一九三三年一〇月六日付、「勝承夫宛書簡」）と明言もしている。

三木著『北原白秋』には、一九二八（昭和三）年七月、白秋が妻子と共に一九年ぶりに帰郷し、感激に満ちた六日間を過ごしたことを、単に飛行機で故郷の上空を通過したのみで、それを「いかにも白秋らしいやりかた」、と記述する驚くべき史実誤認もあるが、アルスを白秋の「自前の出版社」、とする誤りも、白秋の実像を少なからず歪めている。

5　白秋と末弟義雄――「草もち」の歌は語る

数年前、白秋の未発表の「草もち」の歌に出会った。

かたをかの蓬つみため弟の子が
ひなの草もちとどのへにけり　白秋

という、白秋が短冊に墨書した一首である。短冊は、白秋末弟・北原義雄（一八九六―一九八五）の後継者、北原貞幸氏（義雄の次女りえ子の伴侶で養了）宅に所蔵されていたものである。

この歌の背景を述べる前に、北原義雄について紹介したい。

白秋には、鐵雄、ちか（一〇歳で病死）、家子、義雄の四人の弟妹がいた。白秋より二歳下の鐵雄は、一九一三（大正二）年、与謝野晶子の世話で文芸書肆《しょし》、金尾文淵堂に勤め、後に独立、阿蘭陀《おらんだ》書房や出版社アルスの社長として白秋の著作のおよそ半ばをはじめ、数多くの文芸名著を世に送り、比較的に知られている。

一方、白秋より一一歳年少の義雄は、一九二四（大正一三）年、美術出版社のアトリヱ社を創立、戦中戦後の一時期を除き一九七〇年代まで社長をつとめ、その世界の重鎮であったが、性格も仕事柄も地味で、あまり知られてはいない。

義雄は、白秋のきょうだいの中で、私が直接会うことのできた唯一の人であり、次にその思い出も少し記しておきたい。

一九七一（昭和四六）年春の私どもの結婚披露宴の折、義雄叔父は渋味の効いた声で、白秋の歌謡「ビール樽」を歌って座を盛り上げて下さったが、その端正で面高な顔立ち、背筋がすっと伸びた姿勢、寡黙《かもく》で静かな雰囲気には自ずからなる品位と威厳が漂っていた。

その一ヶ月ほど後、都内中野区の義雄叔父宅に夫婦で招かれ、夕食をご馳走になった。その席で、叔父から思いがけない逸話を聞いたのである——一九〇九（明治四二）年暮れ、柳川の生家が破産して家財が白日競売に晒された時、その光景を、当時少年であった義雄叔父の竹馬の友、A（後年、実業家）の親が見に来ていた、と。義雄叔父の「くやしくてたまらなかった」という言外の響きのこもる話を、甥隆太郎の妻とはいえ、まだ結婚して日も浅い私を前に打ち明けられたことを有難く思いながらも、叔父の六〇年ほど前に受けた心の傷が今なお疼いている事実に、私は幾分驚き、且つ心痛んだのであった。

北原家が破産した時、義雄は一三歳、中学伝習館の一年生であった。三年後の一九一二（明治四五）年夏には同学年のいとこ、北原正雄と上京し、共に麻布中学に転校、四年に編入学している。

そして、一九一五（大正四）年早春から鐵雄と白秋の興した阿蘭陀書房の社員として働き始めたのだが、一九一七年夏、書房は倒産、義雄は株を扱う商店に勤め、兜町にも出入りしている。一九二〇年頃には肋膜を病み、自宅療養の日々を送るが、順調に回復したようだ。

一九二四（大正一三）年二月、義雄は義兄山本鼎《かなえ》（姉家子の夫で画家、版画家）の勧めで美術出版社・アトリヱ社を創立、美術雑誌「アトリヱ」を創刊して頭角を現し、その手堅い経営手法でこつこつと地歩を築いていった。

アトリヱ社による白秋関係の出版には、一九三二（昭和七）年一〇月創刊の季刊詩誌「新詩論」（全3冊）、同年一一月創刊の季刊短歌雑誌「短歌民族」（全2冊）などがある。

以上のように白秋と義雄との出版上の関わりは少ないが、義雄の、白秋に対する鐵雄にも劣らぬ貢献は、長年、両親と同居して妻子と共に孝養を尽くしたことであろう。

なぜなら、母しけは気立ての良い聡明な人であったが、父長太郎は大層気難しく、周囲の者は常に神経をぴりぴりさせてその対応に気を遣わねばならなかったからである。

長太郎としけは共に一九四五年二月末、疎開先の信州にて各々八八歳、八四歳の天寿を全うしている。彼らは、一九二二（大正一一）年頃から疎開するまでごく短期間は白秋宅、次に長いのが鐵雄宅、そして最も長い歳月は義雄宅で暮らしていた。

その同居が円満に続いたのは、義雄の妻鶴千代が両親に献身的に尽くしたこと、義雄夫妻の三人の愛らしい娘たちが祖父母の心を和ませていたこと、などに因《よ》ろう。また、長太郎としけとの間に生まれた五人の子供の内、上の四人は乳母育ちで、末子の義雄のみ母乳で育てられたことも、互いにあまり遠慮のない円滑な母子関係の基盤となっていたかもしれない。なお、白秋家は徹夜で創作する白秋を中心に回っている上、来客も多く、鐵雄家は妻三嵯子が病身で夫妻には子供がいなかった。

さて、冒頭の「草もち」の歌だが、この歌は一九三一（昭和六）年早春の作、と推定される。その根拠は、同年四月、白秋が「コドモノクニ」に発表した童謡「草《くさ》もち」と、視点の違いはあるが、素材、テーマが同じだからである。

童謡「草《くさ》もち」は全四連から成り、その第一連は「春《はる》の野《の》のくさ／あをよもぎ／

つみましよ、まぜましよ／ふかしましよ、／ふかしましよ。」、第四連は「桃《もも》のおせつく／おひなさま、／だしましよ、だしましよ、／かざりましよ、／かざりましよ。」と終っている。

戦後の私の子供時代もそうであったが、昔は野原や畦道で摘み取ったよもぎと糯《もち》米《ごめ》の粉と小豆の餡《あん》で、草もちは家庭で作る慣わしがあった。

「草もち」の歌の「弟《おと》の子《こ》」とは、義雄の長女で当時六歳の迪子《みちこ》である。次女りえ子はまだ二歳であった。

次は、歌の生まれた背景である。

一九三一年早春、牛込区（現、新宿区）喜久井町の、両親も住む義雄宅を訪れた白秋は、草もちを馳走される。その草もちは、迪子が近くの丘で摘んだよもぎを用い、母と一緒にこしらえたものと聞く。草もちを賞味しつつ、にわかに感興を覚えた白秋は、即興の一首を詠み、短冊に記した、ということであろう。

なお、白秋の母しけは「草もちが大の好物」と、かつて私は義母菊子から聞き、以来、毎年二月二八日のしけの命日には、仏壇に草もちを供え、会ったことはないが、ふるさとが私と同じ「熊本の玉名」という縁もある義祖母のしけを偲んできた。

そして、冒頭の「草もち」の歌に出会ってからは、しけの命日に供える草もちをお相伴すると、長太郎、しけ夫婦が五〇代前後からの一〇数年、様々な辛苦に見舞われた後、晩年の一〇数年は義雄夫妻と愛らしい女孫らに囲まれて穏やかな日々を過ごしたことが思われ、ほっこりと心和むのである。

6　白秋と長男隆太郎

㈠　白秋の内なる批判者

一九四二年一一月二日の白秋死去の時、長男隆太郎（一九二二―二〇〇四）は二〇歳七ヶ月、自宅通学の大学生であった。が、彼は同年三月までの三年間は東京の家族を離れ、北陸の富山にて高校生活を送っている。そして、その三年間に彼は少年から哲学青年に成長した、と言える。

ところで、最近、隆太郎が高校二年生の一九四一年二月三日付、「白秋・菊子宛書簡」を発見したので、その一部を次に挙げよう。

……僕はこのごろ又もや憂鬱で放埒になりそうになつたりして弱つてゐます。冬が過ぎれば癒るでせう。なにしろ雪の中に閉ぢ込められ、外気と同じやうに冷い人々の間に立ち交つて、日の目も見ずに過ごすなんてことはやりきれませんから。

こんな事を云ふと忘恩的で空怖ろしくなるのですが、実はAさんさへ近頃は不愉快です。お父様だつて——あゝ、僕はあの短歌新聞に出てゐるお父様の文章を見て厭になりました。

「新体制に即応して国防国家建設の……」だの、「歌人の翼賛的使命」だのまるで近頃の新聞記事と変りないではありませんか。

お父様のやうなすぐれた人でさへあんな事を云ふのかと思ふと暗澹たる気持です。詩人は、もし本当に感激したのならもつと詩人らしい言葉を使へばよいではありませんか。大体僕は近頃の職域奉公だの臣道実践だの精神総動員だの耳障りの悪い漢語を見たり聞いたりするとぞつとします。もつとも、やれ「すめろぎのみちびき」だの「やまとばたらき」だのつて云ふ和語だつて見つけたら撲り倒したい程厭ですけれども。

僕の様な環境と調和して行けない人間は山へ入るか、無人島に住むか或は死ぬかした方がよいのですかね。どうもそんな気が起る事が屡々《しばしば》あります。なんだかお父様に盾ついたやうな言葉を吐いて済みませんでした。あの短歌研究二月号のお歌を拝見した時は全く感激してほんたうにいゝお父さまだと思つたのですが。

昨日僕は海へ行つて来ました。（後略）

当時は、一九三七年七月に日中戦争が始まって四年目、国全体が戦時体制下にあり、すでに内閣は一九四〇年には物資統制を開始、同年九月にはドイツ、イタリーとの三国同盟に調印するなど、世界を相手の戦争も辞さぬ構えを見せていた。

そのような重苦しい戦時下の、雪に閉ざされがちな富山にて寮住まいの高校生であった隆太郎は、父白秋の「短歌新聞」掲載の国家主義的な語彙の混じった文や、時代の好戦的な風潮への反感を率直に手紙に綴ったのである。

「書簡」の中で、「短歌研究二月号のお歌を拝見した時は全く感激して」とあるのは、

旅にしある寒き燈《ほ》かげや子が読むに哲学通論聴きつつ父は

などの、小題「湘南新春吟」中の、「父と子　鎌倉海浜ホテルの一夜」八首を指す。

その八首は、一九四一年一月三日から五日まで、鎌倉の海浜ホテルの一室にて白秋と隆太郎が二人きりで過ごした情景を詠んだものである。

上掲の歌の「哲学通論」とは田辺元の著書。糖尿病による白内障を病む白秋が隆太郎の読んでいる本を「音読してみよ」と命じ、聴いたのであった。

その頃の隆太郎の「日記」を読むと、彼の東洋、西欧の近代の哲学書、文学書の多読が分かるが、それらの中で哲学書は白秋にとってほとんど未知の世界であり、関心も深かったようだ。

白秋は先掲の「書簡」の、すでに独自の見識を持つ隆太郎の父親に対する批判の言に「痛棒」を感じ、秘かに苦笑したに違いない。

同年一二月八日、国はついに太平洋戦争に突入するが、生前の白秋には、第二義の仕事と見なす童謡、歌謡の分野では戦争詩も多く作っているものの、第一義の仕事の詩、短歌では時代に与《くみ》する作は少ないと言える。

その抑制には、長男隆太郎の父への「批判言」も幾らか効いていたように、私には思われる。ただ、もともと白秋は、

私にはこれと云つて嫌いな人は無い。どういふ人にも個の美しさがひそんでゐるからである。

（「朝は呼ぶ」、「近代風景」、一九二六年一一月）

と述べているように、本質的には博愛型の詩人、歌人であった。従って、隆太郎からの批判を受ける以前に、

国挙げて事に惑へりかくしてぞ年明けたりといふもおろかや
（『黒檜《くろひ》』、一九四〇年八月）

との、一九三七年七月以来のすでに二年余も日中戦争を続行する国を痛烈に批判する歌も詠んでいる。よくもこのような国家批判の歌を発表できたものだと驚きを禁じえないが。

㈡　隆太郎ノート「父の話」より

白秋長男の隆太郎の遺稿に、「父の話」と題する薄いノートがある。一九四二（昭和一七）年春から夏にかけて、当時、東京帝国大学文学部美学科に在籍中の隆太郎が、重い病状の父白秋の折々の話を書きとめていたノートで、その中の一つを紹介しておきたい。

一九四二（昭和一七）年四月二四日

昨晩のことだつた。一〇時頃、応接間の父の病室に行つてみると、父はベッドの上に起き直つて、一所懸命母に口述してゐた。夕食後、今迄に童謡を一〇つくつたといふ。母が大きい文字で写したノートを見せてもらつた。満州(註1)のことを歌つたものばかりだつた。父も、われながら驚いたといふ風に、興がドンドン飛び出すのであつた。

一篇作るのに歌一篇よりも迅いと云つてゐた。大抵四行の短唱ばかりであるが、何でもないやうで人の出来ないやうな鋭い処をついてゐるのがあつた。砂塵(註2)の中で礫《つぶて》を投げると黒い鷹が落ちてくるのだらうかなどといふのがあつたが、これは一寸普通には出来まいと父自身も快心のやうであつた。

一体、単なる記憶でつくつてゐるのだらうか。父の眼前に実際に満蒙の野が髣《ほう》髴《ふつ》として見えてゐるに違ひない。さうしてゐる間に、父は早くも次の童謡を書きとらせるのだつた。

「……チャブ」といふやうな擬声音の童謡であつた。読みなほして、父は「チャブン」と改めた。「雨の音だからね」と説明してくれた。

翌朝、応接間へ行くと、父はもう起きてゐて、昨晩あれからまた一〇ばかり作つたと云つてゐた。半切の原稿用紙をカードのやうにもつてゐた。

父自身が鉛筆で書いたのだ。字がよめない位だ、と云つてゐた。母が一一時半頃寝てから、父はまだ眠らないでゐて盛んに鉛筆を走らせてゐたのだ。

ベッドに起き上がつて、裸の背中を母に熱いタオルで拭《ふ》いて貰ひながら、昨夜の原稿を片手にもつて一心に見入つてゐる父の姿は如何にも楽しさうだつた。

赤い夕日の満州の寂光線の中で、人が神様みたいだといふのを読んでくれた。母は父の背をせつせと拭きながら、それを覗き込んでゐた。金縁眼鏡をはめた母の顔も、永い父の病気をすつかり忘れて了つたやうな、いかにも幸福な顔をしてゐた。

（註1）　満州のこと

一九四二年九月、フタバ書院刊の少国民詩集『満州地図』に収められた諸作品。全一〇二篇の内の大部分が同年四月下旬から五月上旬の約一週間で作られた。なお、白秋が南満州鉄道の招きで満蒙を旅したのは、一九三〇年二月末から四月初め。

（註2）　砂塵の中で……

「沙《すな》けむり」全五連中の第四連、第五連は、

沙けむり、
沙けむり、
僕はパパンと、
空気銃。

沙けむり、
沙けむり、
黒い鷲《わし》でも

落ちて来《こ》い。

と、初めの形よりやや改稿されている。

（註3） ……チャブ

「東陵」全四連中の第一連、第二連を掲げる。

東陵《とうりょう》は石の反《そ》り橋、
反り橋に、
影がさした、ちょんぼり。
　タップリコッコ、チャブ。

水の桶ふたつかついで、
寒い肩、
水がこぼれる、たぶつく。
　タップリコッコ、チャブ。

このように、詩のテーマを「雨」から「桶の水」に変え、擬音語をもとの「チャブ」

に戻している。なお、「タップリコッコ、チャブ」は各連の終りにある。

（註4）　赤い夕日の……

「人影」全四連中の第四連は、

赤い夕日の逆光線、
人は神様見たいだな。

となっている。

白秋は一九三七（昭和一二）年秋、糖尿病、腎臓病による眼底出血で視力が低下したため、執筆は口述筆記に頼ることになった。一九四二年二月、病状が悪化して入院、四月八日に退院後は自宅応接間に据えたベッドでの暮らしとなった。通勤の秘書の藪田義雄の不在中は、妻菊子が助手の役目も荷い、口述筆記もつとめていたのである（藪田は五月に引退）。回復は望めない白秋の療養生活は、家族にとっても苦しみではあったが、「詩の生まれるとき」に立ち会う幸せに恵まれていた。

上掲の「隆太郎ノート」は、死の半年前の憂慮される容態にもかかわらず、詩作に憑《つ》かれた状態（白秋が若い時から時々体験する創作への苛烈な熱中状態）の白秋と、まさに詩の生まれる喜びを共有する妻菊子のつつましくも満ち足りた姿、及びそうした両親を見つめている長男隆太郎の父母への敬意と心の和みとを写している。

Ⅱ　白秋の窓

1　白秋と漱石

白秋と一八歳年長の漱石（一八六七―一九一六）との第一の縁は、漱石が一八九六（明治二九）年四月から一九〇〇年七月までの四年間、第五高等学校教授として、白秋の母の郷里・熊本に住んだことである。

だが、漱石はまだ作品を発表せず、十代前半の白秋は漱石の存在を知るはずもなかった。

白秋が初めて漱石の初期小説「坊ちゃん」（「ホトトギス」、一九〇六年四月）を深く共感しつつ愉快に読んでいることは、自らの少年期を回想した次の文で明らかである。

……私は我儘《わがまま》だつたが、極めて虔《つつ》ましい方で、黙つてにこにこ笑つて、時々腕白してゐた。夏目さんの「坊ちゃん」が、私によく似てゐる。
（「上京当時の回想」、「文章世界」、一九一四年九月）

なお、漱石は四年間の熊本時代の体験を素材として、同一九〇六（明治三九）年九月には「草枕」（「新小説」）を、翌月には「二百十日」（「中央公論」）を発表している。

同年四月、与謝野寛に招かれて寛設立の新詩社に入り、その機関誌「明星」に新進の詩人として活躍し始めていた白秋は、以上の漱石の作品も読み、漱石に親しみを抱いたであろう。

翌一九〇七年春、漱石は一高と東大の講師をやめて東京朝日新聞社に入社、「虞美人草」をはじめ、「三四郎」（一九〇八年）、「それから」（一九〇九年）、「門」（一九一〇年）、「彼岸過迄」（一九一二年）と、次第に自意識を掘り下げた地味な写実の作を「東京朝日新聞」に連載する。

一方、白秋は一九〇八年一月、新詩社を脱退し、翌年三月には豪華本の第一詩集『邪宗門』を刊行、次に一九一一年六月刊行の第二詩集『思ひ出』は大好評を博して、たちまち詩壇の新星と目された。

ところで、白秋は漱石に一度は会っている。一九一二（明治四五）年四月一五日、土岐善麿の生家、浅草の等光寺で行われた、新詩社時代からの友人・石川啄木の葬儀の折である。啄木は一九〇九年三月に東京朝日新聞社に校正係として入社し、二年前より同社の専属作家となった漱石とは交流があり、漱石も啄木の葬儀に参列した。その席で、白秋は漱石の姿を認識したはずである。

その頃、白秋は松下俊子との不幸な恋愛に巻き込まれつつあった。同年夏には俊子の夫松下長平から告訴され、自死をも思う人生最大の危機に直面するが、松下と示談が成立して免訴になった後、翌一九一三（大正二）年五月、俊子と結婚、そして転居した三浦三崎、さらに翌春転地した小笠原父島での大自然の中で、「悉有仏《しつうぶっ》性《しょう》」（万物は仏性を有する意）にめざめ、新生を得たのである。

白秋と漱石との大きな違いの一つは、大自然との一体感の有無ではなかろうか——九州の田舎育ちの白秋には幼少期より自然との豊かで親密な触れあいがあった。一方、江戸っ子で町育ちの漱石にはそれがほとんど無かった。漱石に二七歳から四七歳まで三度、精神疾患の症状が現れた原因は、幼少期に養子に出されて母親の無償の愛に恵まれなかったこと、と精神医学者は指摘しているが、もし、漱石が豊かな自然環境で成長しておれば、その症状は軽くて済んだのではないか。白秋が漱石の稲に関する無知を揶揄《やゆ》した文がある。

夏目漱石さんは米のなる木を御存じなかつたさうだ。曰く、「さあ、稲は稲、米は米で知つてゐるが、稲と米との相互関係はわからないね。」

（〔LANDSCAPE〕、「近代風景」、一九二七年一月）

この逸話は、おそらく、漱石の愛弟子で白秋と親しかった鈴木三重吉から聞いたものであろう。

白秋と三重吉との交流は、一九一四年九月、白秋が主宰誌「地上巡礼」創刊号を三重吉に寄贈して始まったようだ。当時、三重吉は『現代名作集』の出版を企画、第一作の漱石著『須永の話』(『彼岸過迄』の一部)を白秋に寄贈し、白秋は同著を「地上巡礼」一〇月号に紹介、「私は三重吉さんが好きだ」などと述べている。両者の交遊は、一九一八年七月、三重吉創刊の児童文芸雑誌「赤い鳥」にて結実する。

白秋は漱石にも「地上巡礼」を遅くとも一九一四年一〇月号より寄贈を始めたと推察される。というのは、翌一九一五年一月一四日消印の「白秋宛漱石賀状」(表書きは漱石直筆、裏は印刷の文面だが、「夏目金之助」の直筆署名入り)が漱石書簡としてただ一枚、拙宅に残っていたからである。

同一九一五年四月、白秋は弟鐵雄と阿蘭陀書房を創立、月刊の芸術雑誌「ARS」を森鷗外、上田敏を顧問に迎えて創刊した。「ARS」も白秋は漱石に寄贈している。「ARS」六月号の「新刊紹介」欄では、冒頭部に最も広い紙幅を漱石著『硝子戸の中』に充《あ》て、「中に「短冊」で御困りの事が書かれてある。拝見して私も苦笑した」と、白秋自身の、頻繁に舞いこむ未知の人物からの「短冊」揮毫依頼についての苦々しい経験をユーモアを交えて書き、さらに『硝子戸の中』の装幀を詳しく説明した上、「近来にないいゝ装幀である」と絶讃している。この不均衡な紹介に、漱石は苦笑したのではなかろうか。

「ARS」七月号の巻頭には、漱石門下、小宮豊隆の「漱石先生の『心』を読んで」と、同門下赤木桁平《こうへい》の「評論壇の人々」の二作が並ぶ。二人の寄稿はその後も「ARS」に掲載され、白秋と漱石門下及び漱石との距離が縮まったことを示している。

だが、同年一〇月、「ARS」が経営難で一〇月号にて休刊、結局は廃刊になると、白秋と漱石の交渉も絶えたようだ。ただ、一つだけ、加筆しておきたい。

漱石の小説『それから』、『門』、『こゝろ』はいずれも男女の三角関係による男性主人公の苦悩が主題となっている。

一九一二（明治四五）年春、白秋が家出した松下俊子と恋愛関係に陥り、のちに結婚した図式は、漱石の小説と事情は異るが、三角関係に違いない。

一九一四年四月から八月まで「東京朝日新聞」に連載された「こゝろ」を読む白秋の心情は複雑であったろう。その主人公の「先生」は自殺を選んだが、白秋は何かと問題の生じた妻俊子を離縁する道を選んだ。そして、毎晩、三、四時間の睡眠で、必死に創作や主宰誌「地上巡礼」の編集に励んだ。

白秋の胸底には、芸術家として立派に立ち直って前進してゆく姿を、漱石にも認めてもらいたい思いがあったように、私は推測している。

2　白秋と新村出《しんむらいずる》

私がこれまで最もお世話になり、現に毎日のように手に取らぬ日はない辞書は『広辞苑』である。その編者の新村出（一八七六―一九六七）と九歳年少の白秋は知己の間柄、と二〇数年前に初めて知った時は意外な気がしたが、以下、両者の交流の概要を記したい。

白秋と新村との縁を取り持ったのは、両者の愛弟子で奈良在住の詩人、木水彌三郎（一八九九―一九九〇）である。木水は一九二四（大正一三）年六月、友人の山村順との共著、第一詩集『青い時』（私家版）を、かねてより敬仰していた小田原に住む白秋と京都の新村（京都帝国大学言語学教授）に献じて知遇を得た。その後、両者に親炙、各々の著述活動にも助力している。

一九二九（昭和四）年一一月、白秋は国醇会（国柱会系の江戸趣味の会。かつて妻菊子は一時、国柱会に所属していた）の一行と奈良の正倉院を拝観しての帰途、木水の同伴で京都の新村宅を訪ね、初めて出会って親しく歓談し、以後は新刊の著書の新村への献呈を続けている（註、岩波書店版『白秋全集』別巻所収の「年譜」では、白秋の正倉院拝観が一九二八年一一月と記載されているが、一九二九年一一月が正しく、ここに訂正しておく）。

一九三五（昭和一〇）年六月、白秋は多磨短歌会の機関誌「多磨」を創刊した。新村は同誌に一九三七年から一九三九年まで、請われて三度寄稿している。その寄稿内容を両者の交流と共に紹介しておきたい。

一、一九三七年六月号の「多磨」二周年記念号での「朴葉随筆」。朴葉に関わる古今東西の文献を博捜した上で、現在も伝わる朴葉酒盃や朴葉飯を詩味豊かに述べた、独自の風格が漂う名篇である。

白秋は翌七月号の「多磨」に、新村への感謝をこめた「朴葉消息」を掲載する

——信州から白秋居に届いた函入りの朴葉と朴の花（詩の門人の龍野咲人《さきと》が湖辺の樹上に攀《よ》じ登って摘んだもの）を賞《め》でて、すぐに自筆の短冊を添え、その函を新村に送ったこと、新村からは折り返し、

枕べににほふ朴の葉ほのかなりいもとわがぬるねやもたらひぬ

他一首の記された葉書二枚の礼状が届き、その二枚の葉書を咲人に「大切にしなさい」と書き添えて贈ったことを綴る随筆である。

同一九三七年一一月、白秋は糖尿病、腎臓病による眼底出血で入院、翌年一月には退院するが、以来、薄明の世界に住む身となった。

同一九三八年五月末、新村は木水同伴にて上京し、世田谷区成城の自宅で療養中の白秋を見舞っている。

二、同年の「多磨」一〇月号に、新村は白秋門の詩人・藪田義雄の第一詩集『白沙《はくさ》

の駅』（アルス）の書評、「『白沙の駅』をよみて」を寄稿している。新村は二年前の一九三六年に京都帝大を定年退職していたが、わが国の言語学、国語学の第一人者であった。その新村から第一詩集に好意に満ちた書評を得たことは著者數田の大きな喜びであっただろう。

三、翌一九三九（昭和一四）年一月号の「多磨」には、「手まり唄」を寄稿。これは、新村夫人も記憶する一九世紀末（明治半ば）頃の「手まり唄」の解説が中心の内容で、文章の運びもまりつきのような、弾むテンポの親しみやすい随筆である。

以上が白秋生前の両者の交流の跡だが、最近、新村が白秋の没後に白秋長男の隆太郎に宛てた葉書一通を見出したので、次に掲げる。

一九四七（昭和二二）年一一月二六日

東京杉並区阿佐谷五ノ一北原家　白秋詩伯邸址　北原隆太郎様

京都市上京小山中溝十九　新村出

みなさまおさはりなく候や、むかしのことどもおもひおこされ候　この夏より白秋全集（旧版）を座右におきしばしば愛誦しつゝ木水氏がおとづるゝ毎にすぎしむかしがたりをくりかへし申候

この八月二八（日）詩の講演をいたし、又近刊の詩誌の中にも故人の詩作詩集のことを追憶いたし候など尽きせぬ情緒の裡に、昨日は日本童謡集成（註、正確には日本伝承童謡集成。生前の白秋は、全国各地に伝わる童謡の収集とその刊行に意欲的に取り組んでいた）第一巻の、殊、子守唄篇頂戴いたし、忝く存候、私ども心うせやらぬ老人として、或ハむしろ童心にかへりゆく老人として、孫ら多き老人として、子守唄ハ晩年のよみものとして最もふさはしかるべく、御心づくしのほど編輯者にもお礼申上度と共に、尚又御厚情に対して深謝この上なく候

藪田氏にも何卒よろしく希《こひねがい》上候

なお、『日本伝承童謡集成』（国民図書刊行会）は一九四七年から五〇年まで3巻を刊行して版元の都合で挫折した後、新たに三省堂より一九七四年九月から七六年二月まで白秋編、藪田校訂責任の全6巻が刊行された。

白秋と新村との交流によって、上掲の葉書にも表れているように、新村は詩歌への関心をより深め、白秋は長詩「海道東征」（「中央公論」、一九四〇年一月）に見られるごとく、「古事記」、「日本書紀」の古代文学の世界に一層、心を惹かれたと言えよう。

追記

京都にお住まいの新村出先生は、私が京都で学生生活を送っていた一九六七年八月一八日に逝去された。先生のご訃報を新聞で知った私は、深く敬仰しながらついにお目にかかることの無かった先生を偲び、その日、小雨の降る中、久しぶりに古書店をめぐった。

そして、某古書店で、先生の随筆集の古色を帯びてはいるが香気漂う装幀の『あけぼの』（一九四七年五月、大八州出版株式会社、装幀は芹澤銈介）に出会い、すぐに買い求めた。

その夜、同書を開き、あちこちに収められている先生御作の短歌数十首のみに目を走らせ、言語学、国語学の頂点に立っておられた先生の類稀なる博学多識はもとより、先生のお人柄の大きさ、歌心の豊かさに触れた思いで高揚を覚え、満足して本は書棚にしまいこんだ。というのは、当時私は、修士論文の執筆に悪戦苦闘中であったからだ。

このたび、「白秋と新村出」を書くに際して、所蔵の『あけぼの』を思い出し、書棚から手に取り四〇数年ぶりに開いてみると、巻頭の玉稿「鑑真和尚東征絵伝清賞」（一九四三年三月発表）の終りに、何と白秋追悼文があるではないか。

先生は、鑑真が朝廷の懇請に応えて五度も渡航を試みながら挫折し、一一年目の六度目の渡航でようやく日本に辿り着きながら、すでに度重なる艱難《かんなん》辛苦のため失明していた身上に深甚な敬意と讃仰とを記され、そして鑑真の渡日と同時に日本にもたらされた南方文化に対する考察を述べられた後、次のように書いておられる。

……それにつけても憶ひ起すのは、先ごろ世を去つた北原白秋詩伯が、晩年失明して、深く鑑真和尚を追慕し、それに関する歌を幾つか詠まれたことである。今一、二の遺作を愛誦して故人を偲びたいとおもふ。

目の盲《し》ひて幽かに坐《ま》しし仏像《みすがた》に日なか風ありて触《さや》りつつありき
盲《し》ひはててなほし柔《やは》らとます目見《まみ》に聖《ひじり》なにをか宿したまひし

この二首を引用された後、「白秋君の名歌を繰返して、併せて遙《はる》かに、千二百年前の鑑真和尚を景仰する機縁としたい」と結んでおられた。

私は、白秋を義父と仰ぐ身となる四年も前にこの古書を入手しながら、このような玉稿が収録されていることを全く知らぬまま、長い間、本棚に眠らせていた迂闊さをいたく恥入ったのであった。

3　白秋と蒲原有明《かんばらありあけ》

二〇一〇（平成二二）年二月三日、私の住む鎌倉市内に「有明旧居跡」の記念碑が建った。その除幕式を新聞の記事で知ったのだが、ようやく秋風が立ちはじめた頃、有明（本名、隼雄、一八七六―一九五二）の旧居跡を訪ねた。

そこは拙宅からそう遠くない二階堂の地と分かっていたので、歩いて行くと二〇分余りで着いた。記念碑は高さが一五〇センチぐらいの小ぶりなもので、道路よりやや敷地内に入った場所に控えめに建っていた。

先ず、有明と鎌倉とのゆかりを述べたい。

一九一九（大正八）年、有明は東京中野より鎌倉雪の下に転居し、翌年三月、二階堂に家を新築して住む。しかし、一九二三年九月一日の関東大震災に遭い、破損した家屋は修理の上、貸家にして、自らは妻と静岡市鷹匠町に転居した。

一九四五（昭和二〇）年六月には戦災で家を焼失し、同年九月に鎌倉の旧居に戻り、一九五二年二月三日、七七歳で没するまでこの家で暮らした。現在、旧居は建て替えられ、令孫が住んでおられる。

有明は一八七六年三月一五日、文部省に勤める佐賀出身の蒲原忠蔵の長男として東京麴町区（現、千代田区）に生まれた。経済上は恵まれていたが、七歳の時に両親が離婚して悲哀を味わう。中学時代から詩に愛着を覚え、和洋の詩集や小説に親しみ、中学卒業後は「国民英学会」に入学、本格的に英文学を学びながら詩作を始めた。

徴兵検査の前年の一八九五（明治二八）年、療養を兼ねて父の郷里・佐賀県須古村に行き、足かけ三年滞在する。その間、小説、紀行文にも手を染め、一八九八年一月、小説「大慈悲」が尾崎紅葉選の「讀賣新聞」懸賞小説の一等に当選、文壇に登場した。

しかし、まもなく小説から詩に転じ、島崎藤村の抒情詩や上田敏翻訳の西欧象徴詩に影響を受けて詩作に腰を据え、雑誌「新声」や「明星」に作品を発表、好評を得た。

そして、一九〇二（明治三五）年一月、第一詩集『草わかば』、翌一九〇三年五月、第二詩集『独絃哀歌《どくげんあいか》』、一九〇五年七月、第三詩集『春鳥集《しゅんちょうしゅう》』、一九〇八年一月、第四詩集『有明集』を刊行し、薄田泣菫《すすきだきゅうきん》と共に文語定型詩を完成させ、わが国の象徴詩を確立した。

白秋は、一九〇一年八月から「明星」に掲載が始まった有明の詩を読んでいる。すでに同誌に発表されていた泣菫の詩や、一九〇四年一月から同誌掲載の上田敏訳による西欧象徴詩に強く心惹かれ、自らも詩作に熱中する。これら先進の泣菫、有明、敏の三人を、白秋は生涯、近代詩人の中では最も尊敬していた。

とりわけ白秋は、有明に対して格別の親しみを覚えていた。それは、作品の魅力のほかにも有明の父のふるさとが白秋のふるさと・柳川に近い有明海沿岸の佐賀県須古村であったことや、先述のごとく、有明が須古村に一八九五年から足かけ三年間暮らし、その縁で「有明」のペンネームを用いていることなどに因ろう。なお、有明の妻キミも佐賀出身であった。

白秋は一九〇六（明治三九）年四月に「明星」の同人となり、同誌に象徴詩風の作品を旺盛に発表し、敏、泣菫、有明らから注目され、知遇を得ている。

第一詩集『邪宗門』の刊行については有明に相談して、有明の第四詩集『有明集』の版元、易風社を紹介された。そこで、費用を易風社と折半して計二五〇円を負担、初版五〇〇部という話がまとまり、一九〇九年三月、出版できた。

その後、易風社が倒産したため、一九一一年一一月の東雲堂書店による『邪宗門』再版には、その冒頭部に「蒲原有明氏に献ず」と記している。これは、白秋が有明を先輩詩人としていかに尊敬し、且つ恩義を感じていたかを示している。

他方、作品においても、白秋の第一詩集『邪宗門』、第二詩集『思ひ出』、第一歌集『桐の花』などには有明の確かな影響が認められる。いくつかの例を次に挙げてみよう。

○『邪宗門』の詩「汝にささぐ」は、有明の第三詩集『春鳥集』の詩「君にささぐ」の、『桐の花』所収の詩文「昼の思」は、第四詩集『有明集』の詩「昼のおもひ」の、題名の借用と見なされる。

○『邪宗門』には、有明の『草わかば』、『独絃哀歌』、『春鳥集』、『有明集』に現れるやや古色を帯びた詩語の、紅蓮《ぐれん》、精舎《しょうじゃ》、阿刺吉《あらき》、絹衣《すずし》、極秘《ごくひ》などが使用されている。

○『思ひ出』の詩「妖しき思」の、「ひとり呪ひぬ、引き裂きぬ、噛みぬ、にじりぬ」は、『有明集』の詩「碑名」の、「よろこびぬ、倦みぬ、争ひぬ、厭きぬ」の動詞の連用形に完了、強意を表す助動詞「ぬ」をつけて四度重ねる手法と全く同じである。

○『桐の花』には、「草わかば色鉛筆の赤き粉のちるがいとしく寝て削るなり」など、「草わかば」の語を詠みこんだ歌が三首あるが、これは有明の第一詩集の題名『草わかば』に白秋が触発されて詠んだ可能性が大きい。

以上のことからも、白秋が先進有明の詩集によっても自らの詩嚢《しのう》を養ったのは明らかである。すなわち白秋は、有明の詩業を消化吸収した上で、泣菫と共に有明が確立した象徴詩を継承、発展させたのである。

さて、白秋は一九一一（明治四四）年六月刊の第二詩集『思ひ出』が世の讃辞を浴びて「文壇の寵児」となり、同年一一月には東雲堂書店より編集を一任される芸術雑誌「朱欒《ザンボア》」を創刊した。この「朱欒」（一九一三年五月、全19冊で終刊）及び一九一五（大正四）年四月、白秋が次弟鐵雄と創立した阿蘭陀《おらんだ》書房より刊行する雑誌「ARS」（同年一〇月、全7冊で終刊）における有明の寄稿と関与とを次に記そう。

△「朱欒」

1巻4号　詩文「海の思想と誘惑」

2巻1号　詩「えちうど」

2巻3号、4号　表紙に有明秘蔵の、画家青木繁の遺作（銅版画）を使用（青木は有明の親友であった）。

2巻5号　有明所蔵の「有明宛青木繁書簡」を掲載

3巻3号　青木繁遺稿を掲載

△「ARS」

1巻1号　散文「光明湧出観」

このように、一九〇八年頃から一九一五年までの白秋と有明との交流は頻繁であったことが判明する。その後は阿蘭陀書房の経済事情の悪化により、同年一〇月、「ARS」が終刊になると、有明との交流も自ずと薄れていった。

翌一九一六年五月、白秋は江口章子と結婚、千葉県東葛飾へ転居し、以後は歌集『雀の卵』の新作と推敲に骨身を削るような、且つ貧しい暮らしが続く。

翌一九一七年六月には再び東京へ転居するが、ついに章子が発病したため、一九一八年春、その病気療養に小田原へ移り、同年七月、鈴木三重吉創刊の雑誌「赤い鳥」に新作童謡の発表を始めた。やがて詩文章や小説の執筆にも着手し、徐々に貧しい生活から脱け出ていった。

だが、一九二〇年五月、洋館新築のための地鎮祭の夜に章子が家出して、同月末、協議離婚に至った。翌一九二一年春、佐藤菊子と結婚し、白秋はようやく安定した家庭生活に恵まれた。同年八月には足かけ七年をかけた第三歌集『雀の卵』の刊行に漕ぎつけ、この頃には有明との交流も復活している。

これは、一九〇八年刊行の『有明集』以降は詩作発表の乏しい有明が、一九二二年六月に白秋の弟鐵雄の営むアルスより刊行した『有明詩集』の「自註」に、その準備は「昨夏以来半歳の時日を費した」と書いている事実から裏づけられる。

『有明詩集』は、『草わかば』から『有明集』に至る四詩集の作品に、以後の一九一五年までの詩作、翻訳の詩、詩文とを加えたものだが、四詩集の多くの作品は改訂されており、「改訂は改悪」との論議も呼んだ。ともあれ、白秋が有明に集大成の『詩集』の刊行を強く勧めて成った『有明詩集』であった。

次に、拙宅にて見出した一九二五年六月一二日付の「白秋宛有明書簡」を紹介したい。

神奈川県小田原町天神山　北原白秋様

静岡市鷹匠町二ー一四　蒲原隼雄

拝啓　今年は時候が変調で小子如き[註1]尫弱《おうじやく》のものはたまりません。大兄には近頃いかゞですか、折々御微恙《ごびよう》の御様子に承りますが、切に御加餐を祈りあげます。此程は「季節の窻」[註2]を御恵贈賜りながら今日迄御礼も申上ず、生来のづぼら癖いよく〳〵募りいづ方へも失礼のみ致して居ります。御著作を拝読、御奮闘のあとまざまざと身にしみておぼえます。然しながら幾夜も不眠不休の御元気には驚嘆して居りますが、実は内々無理がちと過ぎはせぬかと心配して居ります。拝顔も致したいのですが、小生の生活は中々それをゆるしてくれません。「日光」[註3]も毎号御寄贈をうけ、ありがたく思つて居ります。内部は大分変化が起つたやうですが、鎌田君[註4]はそれからどうして居られるのですか。鎌田君も身躰が十分でないやうに見え、其態御気毒に堪へません。此不景気では雑誌も全くやりきれないでせう。「日光」は当市の雑誌店では値段が高すぎるせいか、あまり売れないといふ噂です。いつかは三保(註5)あたりまで御出遊ありし由、今後当地等にて清会御催しの節は御立寄を願ひます。鎌倉の山住居のをりよりも流石《さすが》に賑やかで、交通が便利なせゐか、却《かえっ》て思ひかけぬ友人が時々訪ねて来てくださるので、多少東京の消息もわかり、是に心を慰めて居ります。

文壇もまた此辺で傾向を変へて来るのでせう、いづくも行詰りの様子、短歌界などはどういふ風になるものか、今後が見ものかと思はれますが、今が丁度満潮の極点に達してゐることに間ちがひないと観察されますから、これからは当分ひき潮時代かと推測されますが、いかが。

先ずは右御礼旁　早々不尽　六月十一日

(註1)　尫弱のものは

有明は一六歳の時に脚気を病み、徴兵検査は丙種不合格、三〇歳過ぎには数年間、大病に苦しみ、病弱の体質。

（註2）「季節の窓」
一九二五年五月、アルス刊行の白秋の詩文章を集めたもの。

（註3）「日光」
一九二四年四月、白秋、前田夕暮、土岐《とき》善麿《ぜんまろ》、木下利玄《りげん》、川田順、吉植庄亮、釈迢空らが創刊した短歌雑誌。一九二七年一二月、全37冊で終刊。

（註4）鎌田君
鎌田敬止はアルス社員だったが、「日光」創刊に際し、その編集と発行に専従。しかし、病気その他の事情で、一九二五年一二月号を最後に編集より身を引く。

（註5）三保
一九二四年一月、白秋は国柱会創立者の田中智学に招かれ、両親、妻子を伴ってその創始ゆかりの静岡県三保の最勝閣へ行き、五日間滞在した。

先ず、有明書簡の文章が丁重であることに注目したい。自分より九歳年少の白秋の本格的な文壇登場となる第一詩集『邪宗門』の刊行に先輩詩人として世話をした有明だが、書簡では白秋を「大兄」、自らを「蒲原生」と記している。有明の謙虚な人柄が窺える。

また、当書簡によって、白秋が著書『季節の窻』のほか月刊歌誌「日光」も継続して寄贈していたと分かる。これは、有明への敬愛と謝恩の行いであり、且つ、文学活動は休火山状態の有明に再活動を促す思いもあったと思われる。

一方、有明は、過労になりがちの文筆生活を送る白秋の体を親身に案じている。前月刊行の「日光」五月号の「日光室」欄に、小田原の白秋居を矢代東村と訪ねた吉植庄亮が、白秋、東村の三人で芦ノ湖近辺を散策して、「白秋君は身体が如何にも少し弱つてゐるやうに見受けた。あまり身体を使いすぎた結果と思ふが如何だらう、大いに自重して欲しい」と書いている文を読み、生来病弱の有明は白秋の身を案じたのである。

さらに、有明が文壇、歌壇の動向に深い関心を抱き、鋭い批評の眼指を注ぎ、読書と思索は弛まず続けていることも浮上する。

当書簡を受け取った二年四ヶ月後の一九二七（昭和二）年一〇月初旬、白秋は静岡電鉄依嘱の民謡制作のため取材に静岡へ行き、四、五日間の滞在中、市内鷹匠町の有明を訪ねている。その訪問について、詩誌「近代風景」（一九二六年一一月、白秋創刊）の一九二七年一一月号の身辺随筆「午前十時」に、次のように書いている。

この月の初めに私は所用があつて静岡へ行つた。さうして蒲原有明氏の幽居を驚かした。氏は極めて閑かな、目だたないいい生活をしてゐられた。私たちのやうに慌ただしい日常を送つてゐるものには氏の境涯から教へられることが少なくなかつた。

有明と妻キミの間に実子は無く、キミは生け花の師匠であった。風雅を友としての夫妻の静かで落ちついた暮らしに接し、仕事に追われる日々を送る白秋は深く心うたれたのである。

一九三三（昭和八）年一二月、白秋が改造社より刊行した『明治大正詩史概観』（初出は一九二九年四月刊の『現代日本文学全集』第37篇、改造社）では、有明を「新抒情時代の四星」及び「象徴詩勃興と口語詩運動」の二つの章で取りあげ、他の詩人たちよりも最多の頁数を割いている。

そして、「上田敏は象徴詩を移植したが、蒲原有明は之を唱道すると共に直《たゞち》に自ら創作実行した。この点から有明は日本象徴詩の祖である」と、有明を高く評価し、さらに有明と並び称せられる泣菫の詩「日ざかり」（『白羊宮』）と有明の「夏の歌」（『有明集』）を引用、両者を比較している。ここでは紙幅の都合で各々の詩の最終連のみ掲げる。

日ざかり（泣菫）

なべての上に、

高照《たかてら》す
厳《いづ》の嘖《ころび》や
あな寂し、
悔なき魂《たま》の
けだかさは、
げに水無月《みなづき》の
日ならまし。

夏の歌（有明）

何事《なにごと》の起《おこ》るともなく、
何《なに》ものかひそめるけはひ、
眼《ま》のあたり融《と》けてこそゆけ
夏《なつ》の雲《くも》、——空《そら》は汗《あせ》ばむ。

白秋は言う、「有明のこの感覚こそは彼をして初めて近代詩の父たらしめた楔点《せつてん》ではなかつたか」と。つまり白秋は、横滑りの泣菫の感覚よりも内に掘り下げる有明の感覚により新しさを看取し、自らも含めて後進を牽引《けんいん》した力を認めている。

ただ、白秋は有明が、たとえば代表作の詩「朝なり」の末尾を「靄はまた、……消えては青く朽ちゆけり」を、後に「靄はまた、……滅《き》えなづみつつ朽ちゆきぬ」と改作したことを、「感興の生采《せいさい》は消え、余韻も滅び、ただ露《あら》はに乾いて、索然たるものになつた。何が故に『消えては青く朽ちゆけり』の新感覚を消さねばならないであらうか」と批判した。これは、たとえ尊敬する先進の作品であろうと、評価すべきは評価し、批判すべきは批判する「芸術的良心」に拠る言にほかならない。

一九四二(昭和一七)年一一月二日、白秋は腎臓病、糖尿病の悪化で死去。その翌一九四三年六月発行の歌誌「多磨・北原白秋追悼号」の巻頭に掲載された有明の「追懐記」は次のように始まる。

白秋さんが亡くなられて寂しい。併し考へてみれば、さういつまでも寂しがるものでもあるまい。そこには耀かしい芸術が遺されているからである。

これは詩人有明が実感する「人生は短く、芸術は長し」の真理を示唆して、悲嘆さめやらぬ遺族や門人を励まそうとしたのであろう。

翌年春、府中市の墓地に白秋の墓が完成した。藪田義雄著『評伝北原白秋』（一九七三年六月、玉川大学出版部）によると、白秋の門下たちによる「白秋追慕の会」では、その墓の傍に墓碑銘を建てる計画で、撰文《せんぶん》と揮毫《きごう》は有明に依頼することが決まった。そこで、「会」を代表して藪田が有明に依頼状を送ると、一度は承諾した後で、大役なので辞退したい、との手紙を寄越した。困惑した藪田と白秋の妻菊子は有明に直接会って再び依頼すべく、戦中の混乱により普通列車で六時間かかって静岡へ行き、有明を訪ねた。藪田は熱弁を揮って有明に撰文と揮毫を頼みこんだのだが、有明は固辞し、ついに二人は空しく帰京したという。

以来、墓所の半球形の墓には横書き活字体で「北原白秋墓」と刻まれているのみである。

私は墓参のたびに、有明の謙虚で清々しい人柄をも偲んでいる。墓碑銘は無くて良かった、と思っている。

4　白秋と茂吉

(一)　親近と疎隔

白秋と三歳年長の茂吉（一八八二―一九五三）は、一九〇九（明治四二）年春（四月五日か）、鷗外の催す観潮楼歌会で知り合った。

その後、白秋は主宰誌「朱欒《ザンボア》」の一九一二（大正元）年九月号と翌一九一三年一月号の二度、茂吉に請い、その短歌を掲載している。寄稿依頼のきっかけは、前田夕暮の歌誌「詩歌」にて夕暮の推奨する茂吉の歌を、変わっているがいい歌、と感心したことである。

一九一三年は白秋にとって一月に第一歌集『桐の花』（東雲堂書店）を刊行、五月、「不幸な恋愛事件」の相手・俊子と結婚し一家を挙げて東京から三浦三崎に転居、一一月に詩歌結社「巡礼詩社」を創立、と人生の「節目」多き年となった。これらに、同年一〇月刊行の茂吉の第一歌集『赤光』（東雲堂書店）を耽読して深く心を揺さぶられたことも加えねばならない。

読後、白秋はすぐさま茂吉宛に「赤光拝誦、涙こぼれむばかりに存候。純朴不二、信実にして而かも人間の味ひふかき兄が近業のごときは当代にまたとあるべくも無之候（略）」と熱い讃辞（一九一三年一一月一七日付書簡）を送っている。

この書簡に対して、茂吉は「御来書ニ接シ候ヘシトキ嬉シクテ涙落チ申候、今迄ヒソカニ敬礼絶エザル貴堂ニ賞メラレ候ヘシトキノ小生ノ心御推察下サレタク候、（略）」（同年一一月二三日付）と返信した。当時、白秋はすでに詩集『邪宗門』、『思ひ出』、『東京景物詩及其他』、歌集『桐の花』を持つ、文壇では著名の新進の詩人、歌人であり、茂吉は一歩先んじていた白秋の絶讃が嬉しかったのであろう。

遡るが、同年五月、三浦三崎に転居した白秋は「朱欒」の版元、東雲堂書店の意向と対立し、同誌を廃刊した。そして一一月、ようやく詩歌結社「巡礼詩社」を創立、一二月一三日に上京して催したその小集に、茂吉が「アララギ」の中村憲吉、古泉千樫と共に出席、さらに翌々日には白秋が茂吉を勤め先の東京府巣鴨病院に訪ね、両者は急速に親しくなった。

そして、翌一九一四年一月から白秋の短歌や散文が「アララギ」に度々掲載され、わけても一九一六年五月号には計一一五首の白秋短歌が一挙に掲載されて、「白秋特集号」の趣きさえ見せた。

なお、一九一五年四月、白秋は次弟鐵雄と阿蘭陀《おらんだ》書房を両親、弟妹と住む麻布坂下町の自宅で創立、同時に森鷗外、上田敏が顧問の豪華な月刊芸術雑誌「ARS」も創刊、その開業の際に寄せられた茂吉の「うらうらと何ともかとも云へぬ男ゐて阿蘭陀書房のはじまりはじまり」をはじめ、島木赤彦、千樫、憲吉、吉井勇ら八名の「阿蘭陀書房披露歌」が「ARS」五月号の「月報」に載っている。

さらに、同年八月一八日には茂吉と憲吉が麻布の白秋居を訪ね一泊、翌一九一六年二月八日には茂吉の義父が営む青山脳病院にて催された「長塚節《たかし》一周忌歌会」に白秋も出席するなど、白秋と茂吉との親しい交流は続いた。

しかし、白秋の「アララギ」への寄稿は、同一九一六年一一月号の散文「蓮の花」で終った。その主たる原因は、「帝国文学」の同年一一月号にて、匿名者が赤彦の歌を引用した上、「アララギ」、「詩歌」には白秋作品の模倣、影響が認められる、と評したことである。

伊藤左千夫の死去の翌一九一四年四月に信州諏訪郡視学の職を辞め、上京して「アララギ」の編集、刊行に打ち込んでいた赤彦はその評言に自尊心を深く傷つけられたのであろう、以後は「アララギ」への白秋作品の掲載を止め、白秋との交流を絶った。「アララギ」という「城」を守り、その勢力を拡大するためであった。

茂吉も、第二歌集『あらたま』（一九二一年一月、春陽堂）の前半の作が白秋の第二歌集『雲母集』（一九一五年八月、阿蘭陀書房）の模倣と言われ、気に病んでいた。

そうした世評に対する心の鬱屈は、一九二二年一月、アルス刊の斎藤茂吉編『北原白秋選集』（互選歌集で、同時に北原白秋編『斎藤茂吉選集』も刊行される）の茂吉執筆の「序」に表れている――茂吉は白秋短歌の特色を「白秋もの」と名付け、「品がよく、美しく、ぬけめ無く、細かく、何だかいひぶりが高貴のやうで、世の批評家のいふ人間味に乏しく、寂しき如くにして朗らかで、陰鬱になり得なく、邪気なく、時に稚がり（略）」などと複雑な形容を施した後、「僕の歌は「白秋もの」の模倣だと評されたことは一再にとゞまらないと思ふ。（略）しかし白秋君の歌は、茂吉の歌の模倣だといふ批評家の言はいまだ聞かないごとくである」と、世評への不満を述べている。

この茂吉の言に対し、白秋は「茂吉白秋の互選集は茂吉君の態度がひねくれたため妙な具合に傷ついて了つたのである」（「どんぐりの言葉　その一」、「詩と音楽」、一九二二年四月）と、赤彦との模倣論争の文で書いている。当時、茂吉は欧州留学中であったが、白秋との論争は赤彦から逐一報告されており、前掲の「ひねくれた」云々の白秋の言も、茂吉は知ったはずである。

さらに一九二四年四月、白秋、夕暮、吉植庄亮らと「アララギ」を退会した千樫、釈迢空、石原純が超結社の歌誌「日光」を創刊した、と赤彦から知らされ、彼に深く同情した茂吉は、以後、「アララギ」防御のため、白秋に激しい闘争心を抱え持つことになった。

かつて、白秋が「アララギ」に盛んに寄稿した頃、「白秋の歌を見ながらなみだこそわかざらめやもたゞうれしくて」と白秋に書き送った茂吉と、「両国の一ぜんめし屋でわかれたるそののち恋し伯林《ベルリン》の茂吉」（「橄欖」、一九二三年六月）と詠んだ白秋との、互いに惹かれあい、心を開いて親しみあった仲は、茂吉の欧州留学中に変質してしまったのである。

茂吉は欧州留学最後の年の一九二四年五月に二年余の研究の成果たる論文を完成させた。

その後はミュンヘンを拠点にドイツ各地を旅し、七月末、渡仏した妻輝子とパリで再会、夫婦で欧州各地の名所旧跡を巡り、一〇月、医学博士の学位を授与され、一一月、帰国の途につき、マルセーユにて乗船した。

その船上で一二月三〇日、「青山脳病院全焼」の報せを受けた時、茂吉はあたかも楽園から奈落の底に落下した心地であったろう。

翌年一月五日帰国。病院の焼け跡に立った茂吉は、欧州から自宅宛に送った医学文献も自宅の蔵書類もほとんどが焼失しているのを知った。だが、何よりも病院の再建こそが急務であり、以後は病院再建のための苦闘の日々となった。中でも、土地購入と新築のための多額の金策には、「大ニ心痛シタノデ頭ガ痛イ」(同年三月八日の日記)ほど、心労は募った。

ようやく病院再建のめどがついた翌一九二六年一月には「アララギ」代表の赤彦の胃癌が判り、赤彦は三月末に死去した。五月、茂吉は「アララギ」の編集発行人となり、翌一九二七年四月には青山脳病院の院長にも就任した。

この二つの重責を荷う多忙な日々ながら、心身不調の芥川龍之介との親交を深め、芥川から乞われるまま睡眠薬などを与えていた茂吉は、同年七月二四日の芥川の睡眠薬自殺に、「驚愕倒レンバカリ」（日記）の衝撃を受けた。

茂吉と白秋は七月二七日の芥川の葬儀、八月一四日の古泉千樫の葬儀の折に会っているが、以前のようにうちとけて話すことは無かった。当時、茂吉は四五歳、白秋は四二歳、現代ならば、五〇代半ば前後の年齢に相当しよう。

そして、茂吉が白秋に一段と心証を害することが起きた――同一九二七年一二月刊の「日光」の巻頭随筆、白秋の「朝は呼ぶ」に、「子規の短歌に対するアララギの崇敬は誇耀に過ぎた。（略）茂吉君あたりのやうに盲信したくない」との言があったからである。

これに対して茂吉は、「アララギ」の翌一九二八年四月号に「僕にとっては『盲信』ではなくて『正信』である。なぜ『盲信』であるのか客観的証拠を見せてもらいたい」と論戦を挑むが、白秋は応じていない。それには、ちょうどその頃（同年四月）の大森馬込から世田谷若林への転居、「日光」の前年一二月での廃刊、同年七月の一九年ぶりの妻子を伴う九州帰郷なども、原因として推測される。

そこで九月に茂吉は白秋への悪口を混じえた長文の批判、「北原白秋の正岡子規評」を書くが、発表は控えた。そして、一九三五年六月の白秋の「多磨」創刊と共に茂吉の対抗心も一層昂まり、折々に白秋作品等への辛辣な批判を書き、先述の「子規評」と併せて次の合計六篇を篋底《きょうてい》に秘匿し、白秋の没後に発表した。

一、北原白秋の正岡子規評、一九二八年九月執筆（『文学直路』、一九四五年四月刊）
二、白秋の語、一九三六年一〇月執筆（『童馬雑記帳』）
三、斎藤茂吉評〈註、「多磨」誌での白秋高弟・中村正爾執筆の茂吉の歌作批判に対する反論及び白秋批判〉、一九三七年一月執筆（『童馬雑記帳』）
四、白秋の歌一首、一九三七年一月執筆（『童馬雑記帳』）
五、白秋君の歌を評す、一九三七年六月執筆（『文学直路』）
六、白秋君の近作、一九四一年五月執筆（『文学直路』）

以上の内、二、三、四の『童馬雑記帳』とは、茂吉が執筆後に発表を見合わせていた原稿を一九四四年夏、いずれ『童馬雑記帳』の題で刊行するため整理してまとめていたものである。結局、これは茂吉没後に刊行された『斎藤茂吉全集』（岩波書店）に収録、発表となった。

『文学直路』（一九四五年四月）での白秋批判文の収録について、茂吉は前年五月二一日、門下の佐藤佐太郎に「白秋の批評を書いておいたのも入れようとおもってね。老境になって人の悪口なんかこまるが、せっかく書いてあるもんだからね。どうせ僕は清い人間じゃないんだ」（佐太郎著『斎藤茂吉言行』、一九七三年五月、角川書店）と述べている。この言には茂吉の心中の一抹の後めたさが感じられなくもない。

なお、一九四二年一一月二日の白秋死去を知った茂吉は杉並区阿佐ヶ谷の白秋居を弔問している。

ところで、茂吉筆の白秋追悼文の一つ「北原白秋君を弔ふ」（「短歌研究」、同年一二月号）によると、一九四〇年二月一一日夕、讀賣新聞社での「皇紀二六〇〇年賀歌」の選者会の折、会の終らぬ内に白秋が茂吉を「今夜は付き合え」と誘い、日本橋近くの静かな所（料亭か）へ連れて行き、馳走したという。そして、二人で昔話に花を咲かせ、「その夜は昔ながらの白秋君の温情に接した」と茂吉は回想している。この二人での最後となった歓談の折、白秋は茂吉との長年のわだかまりも融けたような思いを味わったのではなかろうか。

しかし、茂吉は先掲のごとく、白秋がもはや反論できない没後に、白秋批判文六篇を発表した。その心理構造はきわめて興味深い。

また、茂吉は太田水穂をはじめ数人の歌人と長期に亘り激しく論争しているが、たとえば水穂に対して、「糞土の蛆虫」とか「ペテン漢」、「低能者」などと読者が唖然とするような罵詈《ばり》雑言を書いている。

茂吉が尊敬する「アララギ」の先進長塚節《たかし》は「芸術はどうしても尊い感じのするものでなければならん」（「長塚節氏を憶ふ」、『斎藤茂吉全集』第5巻）と茂吉に言ったそうだが、茂吉には、その尊い感じのする歌を作る大歌人の面と、論争においては相手に口汚い罵言を浴びせる面があり、その懸隔の大きさも研究に値するように、私には思われる。

㈡　白秋歌集『夢殿』と茂吉

数年前、私は拙宅にて茂吉の未発表の「白秋宛書簡」を発見した。一九三九（昭和一四）年一二月二日付、便箋二枚の封書便で、後に掲げる。

茂吉の当日（一二月二日）の「日記」を『全集』で見ると、「起キテ少シク歌ナドヲ作ル。午後臥床」とある。茂吉は流感に罹って前月二八日より発熱し、静養中であった。前日の一二月一日の「日記」には、「風邪臥床。夕方少シク机ニスワル」とあり、風邪は回復しつつあったと分かる。

注目すべきは、茂吉が白秋に手紙を書いた一二月二日には、いずれも独身の、作家幸田露伴と歌人会津八一にも手紙を認めていることである。

先ず、「露伴宛書簡」を取り上げてみよう。

謹啓　風邪流行いたし候ところ先生いかゞ被遊候や御伺申上候　迂生《うせい》も廿八日夕より発熱臥し候がもはや邪気も退散いたし心気も澄み候をおぼえ申候　鵞鳥も弁才天女も拝読いたし申し親しく先生に接するのおもひありがたく……（後略）

と、風邪が全快したことや、「中央公論」掲載の露伴の稿「鵞鳥」、「弁才天女」を味読しての讃仰の念を綴っている。

次は「八一宛書簡」の冒頭部と概要である。

謹啓　先便臥床中にて失敬仕り候　今日は床中に心しづまり御高吟拝誦仕り候結論を申し候へば一首として感服せぬものは無之候　まことに不思議なる声調のひゞき天下無類と存じ上げ候、そのうちにても老生最も驚き候は次の御吟に御座候

おほてらのひるのともしびたえずともいかなるひとかとはにあらめや

以下七首の歌を掲げ、特に驚嘆した箇所には傍マルを付けて最大級の讃辞を連ねている。

「白秋宛書簡」の全文は次の通りである。

謹啓　益々御清健大賀奉り候、その後御無音に打過ぎ申上げ失礼いたし候

御高吟　夢殿

御恵送にあづかり御立派なる歌集を前にいたし大兄の御力作を心より尊敬たてまつり候

小生廿八日より風邪臥床乱筆御ゆるし下されたく、放送協会の会も風邪臥床のため失礼してしまひ申候　拝眉まで　頓首

十二月二日

斎藤茂吉

白秋尊兄

便箋二枚は白地にくすんだ赤の縦罫線入り、上方に横書きで「青山脳病院用箋」と印刷され、封筒宛名と手紙文は小筆書きである。

『夢殿』は、一九三九年一一月二八日、鎌田敬止の営む八雲書林刊行の白秋の第七歌集。一九二七（昭和二）年より一九三五年に至る羈旅《きりよ》及び身辺生活を素材としている。

以上の三通の書簡を比較すれば、「白秋宛書簡」にも、「露伴、八一宛書簡」と同様に尊敬語が多用されて大層丁重な体裁だが、書簡の内容は、「露伴、八一宛書簡」の充実ぶりに較べて、形式的、儀礼的と言わざるをえない。

また、「露伴宛書簡」では、「もはや邪気も退散いたし心気も澄み候をおぼえ申候」と、風邪が全快したことを述べているが、「白秋宛書簡」では、「風邪臥床乱筆御ゆるし下されたく」と、今なお臥床中のように書いて、礼状の簡略さの言い訳にしている。

さらに、白秋が『夢殿』の「巻末記」に、

……立冬既に過ぎて、この私の薄明の視野には、やうやうに我が頼む光と影とが消えつつある。私は今、口述しつつ、この巻末記を妻に書き綴らせてゐる。

と、二年前に眼底出血して視力の衰え著しい近状を述べているにもかかわらず、茂吉は「益々御清健大賀奉り候」と礼状に書いている。この一行で、茂吉が『夢殿』の「巻末記」にさえ目を通していないことは明らかである。

白秋の寄贈本『夢殿』に対する以上のような茂吉の態度の第一の原因として、『夢殿』劈頭の、「……妻子と共に紀州白良《しらら》温泉に遊ぶ」との詞書のつく歌群「白良」など、家族との旅を詠んだ多数の歌の収録が考えられる。

一九三三（昭和八）年一一月の妻輝子とダンス教師との不祥事の報道で、精神的な深傷を負い、四人の子供がいながら輝子と別居している茂吉にとって、ライバル白秋の妻子との旅の歌など、読む気もしなかったのではなかろうか。

なお、先掲の「白秋宛書簡」の九日後の一二月一一日付「東京日日新聞」に、茂吉は『夢殿』の書評を寄稿している。これは「東日読書倶楽部推薦書」として、東京日日新聞社より依頼されて書いたものであり、使い古された褒め言葉の、「大業績」、「一代の巨匠」、「瞠目せしめずには止まない」、「大歌集」などを用いた後、『夢殿』の、

ましらのまこと白浜照る玉のかがよふ玉の踏《ふ》み処《ど》知らなく

の他、似通った歌二首を引用して、「虫目鏡で見るやうな精煉されたものに就いて、意見を徴せられたとしても軽々しく論讃し去るわけには行かない性質のもの」と、韜晦した評言を入れている。

これは、白秋の後期の歌作について茂吉が度々書いている批評――「ひどくこまかく、ねちねちして来た」(「北原白秋君」、「多磨」、一九四三年六月)と照合すれば、明らかに皮肉を含んだ批判と分かる。

白秋は南国柳川の豊裕な商家で乳母日傘の幼少年期を過ごした後、三〇代半ばまでは波瀾に富む二〇年を送るが、「明朗にして滞らず」を日々の暮らしの旨としていた。

一方、茂吉は北国山形の上層農家で恵まれた幼少年期を送るが、一四歳の時に郷里の金瓶《かなかめ》村より上京して遠縁の斎藤家に寄宿、後、斎藤家の養子となっての忍従生活を経て、四〇代以降は全焼した青山脳病院の再建など度重なる苦難に遭遇したこともあり、その心は極めて用心深く、警戒心も強い多重構造の側面を持ち、ライバル白秋には実に複雑な思いを抱いていたようである。

5　白秋と高村光太郎

白秋と二歳年長の高村光太郎（一八八三―一九五六）は、共に与謝野寛の率いる新詩社の機関誌「明星」の出身である。

ただ、光太郎の新詩社への入社は一九〇〇（明治三三）年で、一九〇六年二月には彫刻研修の留学のため米国に渡航、白秋の新詩社への入社は同年春であり、二人の出会いは一九〇九年七月の光太郎の欧州からの帰国後であった。

その頃は「パンの会」（木下杢太郎、吉井勇、白秋らと雑誌「方寸」の若手画家、石井柏亭、山本鼎、倉田白羊ら耽美派芸術家の集い）の盛んな時であり、光太郎は「パンの会」に出るや、たちまち白秋と親しくなった。両者共、大家族の長男として生まれ、光太郎は東京の下町、白秋は九州柳川の下町に育ち、父親との葛藤を抱え持つことも同様であった。

二人の交流により積極的であったのは光太郎である。それは、白秋の純朴な人柄に好意を持ったこともあるが、白秋がすでに同年三月、第一詩集『邪宗門』を刊行し、「スバル」、「屋上庭園」などの諸雑誌に発表する新風の詩作品に強く心を惹かれていたからである。

光太郎は、かつて「明星」(一九〇八年一一月に廃刊)に高村砕雨の筆名で主として短歌を発表していたが、詩の創作に転じて力を入れるようになったのは帰国後である——一九一一年一月、「スバル」に発表の口語自由詩「失はれたるモナ・リザ」を含む詩群「第二敗闕録《はいけつろく》」を以て、詩人として鮮烈に登場したのであった。

その機縁は、後年の光太郎の言、「白秋と露風との詩をよんで、現代日本語の美しさと弾力性とを知つた……初めて自分でも本気で詩を書く衝動に駆られた」(「詩の勉強」、「新女苑」、一九三九年一〇月)で明かされている。

さて、光太郎は、一九一一年六月刊行の白秋の第二詩集『思ひ出』を寄贈されて読了するや、直ちに次のような絶讃の「書簡」を白秋に送る。

わが親愛なる偉大なる詩人にして友よ、僕は貴兄の『思ひ出』を読んで多大なる感動が湧き出たことに御礼を申します。／ほんにこれほど懐しみのある／玉のやうに玲瓏とした色彩と／神経の美しく全き詩人の／息と嘆息を聞いたことはありません。（後略）

（註、原文は横書きで、初めの三行はフランス語、後はローマ字による。）

この「光太郎書簡」を白秋が「尺牘《せきとく》」（手紙の意）と題して、自ら主宰、創刊した雑誌「朱欒《ザンボア》」の同年一二月号に掲載したことに、白秋の喜悦が察せられる。以後、白秋と光太郎との親密な交流が始まることになる。

同年九月一七日、神田の西洋料理店「みやこ」にて、わが国初の出版記念会と言われる「思ひ出会」が催されるが、光太郎は上田敏、杢太郎、平出修と共にその発起人の一人であった。

同年一一月、白秋創刊の「朱欒」の表紙絵、同月末刊の『邪宗門』再版の表紙絵を光太郎は描き、一九一三年五月の「朱欒」終刊までの全19冊中、「犬吠の太郎」など、鋭く伸びやかな口語自由詩六篇を寄稿している。

なお、一九一二年夏、光太郎が長沼智恵子と出会い、智恵子との恋愛によって「清められ」、退廃的な生活から新生を得ている頃、白秋は松下俊子との恋愛でその夫から告訴され、「どん底」に突き落とされていた。

その後、紆余曲折を経て、一九一五（大正四）年四月、白秋が弟鐵雄と創立した阿蘭陀書房より芸術雑誌「ARS」を創刊するに至り、再び光太郎との交流は濃くなった。光太郎は同年一〇月の「ARS」終刊までの全7冊に、毎号、長文の「ロダンの言葉」などの翻訳を発表している。

次は、翌一九一六年三月二九日付、未発表の「白秋宛光太郎書簡」である。

其後は大変御無沙汰して居ます。この間蛇窪（註、光太郎の親友で白秋とも交流のある水野盈《みつ》太郎、筆名水野葉舟の住む地名）で会へるかと思つて居ましたが、来ませんでしたね。僕は毎日仕事をして居ます。君のBustを作りたいと思つて居ますが、いつか来てくれる時間がありますか。一週間位午前でも午後でも（一日置き位に）来てもらへれば出来るとおもつて居ますが。

参上したいと思ひながら仕事に追はれて失敬してゐます。鐵雄さんによろしく。

光太郎の白秋胸像作製への意欲にも、白秋に対する並々ならぬ好感と信頼が窺える。だが、当時の白秋は、阿蘭陀書房からは身を退いて家族を離れ創作に専念する決意を固めていた頃で、光太郎の申し出には応じていない。

同年一一月、光太郎訳の『ロダンの言葉』が阿蘭陀書房より刊行された。白秋が同書を味読して共感し且つ影響を受けたことは、一九二一年七月刊行の白秋著『洗心雑話』で明白である。

たとえば、ロダンの「自然に向かつて愛と讃嘆とに満ちた人間の自然礼拝が芸術である」との言は、『洗心雑話』の、「昔から詩歌の聖と云はれた人たちは皆おとなしく頭をさげた人たちであつた。広大な自然、何ごとかおはしますその神ごころの前に、常に謹慎《つつしみ》の袂をかきあはせた」と、ほぼ同じ意である。白秋が光太郎を介してロダンの芸術思想を吸収できたことは大きな収穫であったと言えよう。

光太郎は一貫して白秋に敬愛の念を抱いていたが、白秋は光太郎の詩業では『道程』(一九一四年一〇月、抒情詩社)以外は評価していない。それは、光太郎が定型詩を経ていないことに因《よ》るのではなかろうか。

ともあれ、白秋は彫刻家、画家で詩人の友人、光太郎には終生、主要著書の献呈を続けたことが、「白秋宛光太郎書簡」によって分かっている。

一九二一年八月刊行の白秋の第三歌集『雀の卵』(アルス)の寄贈に対する礼状は、

即事

白秋がくれし雀のたまこ也つまよ二階の出窓にてよめよ

であった。

なお、白秋は光太郎の父高村光雲（彫刻家）とも国醇会を通して交流があり、一九二八年一二月、白秋が国醇会の人々を世田谷若林の自宅に招いた折、光雲も来訪している。

6　白秋と前田夕暮

向日葵は金の油を身にあびてゆらりと高し日のちひささよ　（『生くる日に』）

掲出歌は夕暮（本名は洋三。一八八三—一九五一）三一歳の作である。

夕暮は白秋より二歳年長、神奈川県大住郡（現、秦野市）の豪農の家に生まれた。幼少年期の白秋との共通点は、豊かな自然環境で長男として成長、文芸に関心を抱き、家業の継承を待望する父との葛藤、神経衰弱に陥り、中学を中退、一九〇四（明治三七）年、文学への志を抱いての上京、など意外と多い。

二人が初めて出会ったのは、一九〇五年秋、若山牧水、三木露風、正富汪洋らと共におこした「聚雲《じゅうん》の会」においてだが、会は回覧雑誌を出したのみで解散する。同年八月、夕暮は尾上柴舟創立の車前草社に入門しており、白秋は翌一九〇六年春、与謝野寛の率いる新詩社に参加した。

同年一二月、夕暮は新詩社の機関誌「明星」への対抗意識から白日社を創立、翌一九〇七年一月に雑誌「向日葵《ひぐるま》」を、一九一一年四月には雑誌「詩歌」を創刊した。従って、夕暮と白秋とは、白秋が一九一〇年代前半に創刊した、雑誌「朱欒」次に結社・巡礼詩社の機関誌「地上巡礼」そして雑誌「ARS」などの発行の頃は、互いの主宰誌や著書は寄贈しあったが、長い間それ以外の交渉はほとんど無かった。

ところが、一九二三（大正一二）年二月、東海道線の車内で偶然に出会った二人はたちまち意気投合し、そのまま一緒に三浦半島に出かけ、愉快な三泊四日の旅をして親友になった。

そして、その旅の成果たる「半島の早春」と題する短歌競作を、白秋は一三七首、夕暮は七七首、雑誌「詩と音楽」（一九二二年九月、白秋と山田耕作が編集主幹としてアルスより創刊）三月号に発表したのをはじめ、夕暮は小田原の白秋居を、白秋は東京の夕暮居を訪ねたり、連れ立って武州御嶽に登ったり、塩原温泉に遊んだりした。白秋三八歳、夕暮四〇歳の、共に良き家庭に恵まれた父親でもあり、活力漲《みなぎ》る壮年期の只中にあった。

同一九二三年四月、妻子を伴って信州の農民美術研究所の開所式に出席した白秋は、同年八月、「詩と音楽」に「農民美術の歌」、

シルクハットの
県知事さんが出て見てる。
天幕《テント》の外《そと》の
遠いアルプス。

などの四〇首の口語歌を発表するが、その歌作の動機には夕暮や夕暮高弟の矢代東村の口語歌の刺激があったと推察される。もっとも、白秋の口語歌制作はその一時期の計一〇〇首足らずで終るが。

一九二三年九月一日の関東大震災後、白秋は歌友たちから超結社の歌誌創刊の相談を受ける。その後、曲折を経て、翌一九二四年四月、白秋、夕暮、吉植庄亮、古泉千樫、石原純、釈迢空、土岐善麿らと彼らの親近者とを加えた三〇名が同人となり、雑誌「日光」が船出をした。

創刊後の一年半ほどは順調で、白秋と夕暮の融和も続くが、一九二六年末頃より寄稿歌の掲載をめぐって、厳選で臨む白秋と、寛《かん》選の夕暮との間に齟齬《そご》が生じる。また休刊も増えて売り上げも減ったため、交代制の編集体制が刷新され、一九二七（昭和二）年半ばに白秋が編集主任になった。

ところが、刷新後の初号・九月号の表紙上部に発行人の四海民蔵が「北原白秋編輯」の六文字を入れ、その六文字に夕暮門の東村、それに庄亮が反発、白秋と夕暮との溝が深まった。結局、同年末の一二月号で「日光」は終刊、日光社は解散した。

この解散について、夕暮長男の前田透は『前田夕暮全集』全5巻（角川書店）の第2巻の「解説」で、1経営問題、2白秋の「日光」への興味喪失、3白秋と夕暮の疎隔、を原因に挙げ、4「「日光」廃刊は夕暮に「詩歌」（註、一九一八年に休刊）復刊のきっかけを与えたことは事実であった」と断定している。しかし、以上の「解説」の中で、2と4は史実誤認であることを指摘しておきたい。

その証左の一つは、結果として終刊号となった「日光」の一九二七年一二月号の後記に、白秋は「この「日光」は今後研究物を盛んに載せるつもりである。質素なしつかりしたものを。（略）「日光」はいよいよよくなる」と、「日光」続刊への熱い意欲を示していることである。

次に、最近、拙宅で発見した一九二七年一二月一四日付の「白秋宛夕暮書簡」を挙げよう。「書簡」の封筒の中には、「……唐突ながら明年三月を期して小生雑誌『詩歌』を復活したく思ひますに就て、先ず先輩知己の方々の御声援を仰ぎたく（略）」という同月一三日付の印刷された挨拶状と共に、次のような便箋二枚の夕暮の私信も入っていた。

啓　先日は失礼。「詩歌」を愈々復活することにした。何卒よろしくたのみます。何れ二十日頃吉植君上京の筈　其節皆して一度顔をあはせたい。釈、吉植、矢代、四海、と兄と小生あたりで（註、千樫は同年八月にすでに死去）。兄の家をたづねる。その節委細のことは御話します。

日光原稿　原稿明十五日小生秦野から静岡へ行き十七日の朝かへります。十八日に二頁分　歌をおくります。（略）

このように、夕暮は「日光」の存続中から翌年三月の「詩歌」復刊を公に予告しており、前田透の記しているように、「日光」の廃刊が「詩歌」復刊の契機となったわけではない。

白秋の随筆「「日光」の思ひ出」（『白秋全集』第35巻）によると、一九二七年一二月、白秋は「日光」新年号の原稿を校閲し、宜しく頼む、と原稿一括を四海に送るが、四海の何らかの事情（財政難か）で刊行されぬまま春になり、ついに白秋は

「日光」廃刊を決断したとのことである。

さて、「詩歌」復刊後、自由律短歌（註、五・七・五・七・七の型に捉われない自由な形式の短歌）へ転換した夕暮を、完美した定型に永久的生命を観る白秋は批判、両者は疎遠になってしまうが、一九三五（昭和一〇）年六月の白秋の「多磨」創刊の頃より徐々に交流は復活する。

そして、白秋が重態となった一九四二年、夕暮は度々白秋を見舞い、二人はすっかり和解して「新生」を語り合った。白秋の終焉《しゅうえん》間近の同年九月、夕暮が定型に戻ったことには、白秋の影響もあったのではなかろうか。

ともあれ、一九二四（大正一三）年一月、白秋居に来遊中の夕暮を白秋が徹夜で描き続けて七〇余枚のスケッチ、「夕暮百態」が生まれたことや、白秋没後、夕暮が白秋との交遊をまとめて、一九四八（昭和二三）年三月、『白秋追憶』の一冊を著したことなどは、二人の稀有なる友愛を物語るものであろう。

7　白秋と岡本かの子

白秋と四歳下の岡本かの子（一八八九―一九三九）には少なからぬ共通点がある。

先ず、両者共、地方の数百年の伝統ある富裕な旧家――北原家は柳川藩御用達、大貫家は諸大名家出入りの神奈川県二子多摩川に居住の政商――の生まれ、白秋は長男、かの子は長女、そして幼少時より身近な肉親（白秋は母方の叔父石井道真、かの子は次兄晶川）より文学上の強い刺激を受けていることなどが挙げられる。

そして、一九〇六（明治三九）年、白秋は四月、かの子は七月、与謝野寛の率いる「新詩社」の同人となり、寛、晶子夫妻の浪漫主義詩歌の影響の下、その機関誌「明星」において文学上の出発を遂げている。

さらに、一九一〇年前後、白秋の生家は破産、かの子の生家は破産に瀕し、以後のほぼ一〇年間、両者共、人生上の深刻な苦悩と波瀾の日々を送り、仏教、仏典に学んで危機を乗り越えている。また、両者は芸術家意識がきわめて強いことも共通している。

かの子の白秋に対する接近は、拙宅に残っていた一九二一（大正一〇）年一二月九日付、巻紙の「白秋宛かの子書簡」（未発表）によって明らかとなった。その「書簡」は、

あなたの雀の卵をよみましてから私はすつかり今までの自分の歌がいやになりました。どふにかして勉強していま一段すくひあげ度いと存じておりま須。何といふことなく時々出来ました歌を書いてお目にかけますことをゆるして頂き度ふ御座以ま須。

と始まり、「書簡」の後半には息子の太郎に伊豆の山のみかんを見せに近く伊豆に行くが、その折、あなたをお訪ねしたい、太郎は現在、慶応小学部四年生の一一

歳で、昨秋、あなたの推奨で、「赤い鳥」に投書した詩「きりんの首」が同誌に掲載された、などと書き、最後部に「義歯」と題した短歌六首を記している。

当「書簡」により、かの子の作歌の向上をめざして白秋に師事する意志と、愛息太郎を白秋に引き会わせようとする親心も窺える。

手紙での予告通り、かの子が伊豆旅行の途上、小田原の白秋山荘を訪ねていることは、「晩秋初冬」と題しての、

相模灘《さがみなだ》の和《な》ぎのはろけさこの日見る白秋荘の童顔の大人《うし》　（『浴身』）

ほか三首にて証される。

その三ヶ月後の一九二二年三月、仕事で世界一周の旅に出発する夫一平を横浜港で見送ったかの子は、同月末（推定）、「一平世界一周の途に上る」と題して、

ゑりまきもハンカチーフも手袋も一度に振りて呼びにけるかも

他二首を記した葉書を白秋に送っている。

翌一九二三年五月七日付、白秋の「前田洋三（夕暮）宛葉書」、（『白秋全集』第39巻、『書簡』）には、「昨夕は岡本一平かの子女史が来た。／このごろなか〱賑かです」との言及がある。前年、四ヶ月の世界一周の旅を体験した一平、歌の弟子かの子夫妻との華やかな歓談が思われる。

一九二六（大正一五）年三月刊の白秋童謡集『二重虹』（アルス）の装幀、挿画、カットは一平が担当、さしずめ『白秋・一平童謡集』の様相を呈している。

この頃から、白秋とかの子の交際は絶頂期に入る――かの子は白秋主宰の詩誌「近代風景」の一九二七（昭和二）年一月号、及び白秋が有力幹部の歌誌「日光」の同年六、八、九、一二月号（終刊号）まで大量の短歌を発表するが、これらは白秋の推挙による。

なお、同年夏、府下大森馬込村（現、大田区東馬込、通称、緑ヶ丘）の白秋居を訪ねたかの子が玄関先で土産の西瓜を落とし、西瓜は坂道を転げて崖下に墜落した、との逸話を、私は義母菊子から聞いたことがある。

一九二九（昭和四）年九月、白秋の弟鐵雄の営むアルスより『白秋全集』全18巻の刊行が始まった。翌一〇月二八日、東京会館にて催された出席者二〇〇余名の大規模な「白秋祝賀会」に、かの子は「世界遊学」出発を一ヶ月後に控えた繁忙のさ中にあったが、出席して祝辞を述べている。これは、すでに『わが最終歌集』の編集を終え、歌人から作家への転身を決意していたかの子の、「師白秋」への最後の「報恩行」と推察される。

一九三二年三月、一平、かの子らは愛息太郎を勉学と絵画修行のためパリに残し、二年三ヶ月ぶりに帰国、以後、かの子は「世界遊学」前に決意していた通り、歌人から作家への道に転換し、ひたむきに努力を重ねる。

ここで、転身の決意の固さを示す「白秋宛かの子書簡」（未発表）を掲載するが、その前に一言説明を加えておきたい。

その頃の白秋は歌友吉植庄亮らと新歌誌創刊を企てていた。これが同年一一月創刊の季刊歌誌「短歌民族」となるのだが、「書簡」は新歌誌への参加を白秋から勧められたかの子が謝絶の返書を送ると、再び白秋から再考を促す手紙を受けての、二度目の返信である。

一九三二年八月二五日（封書）
西山野一八六九　北原白秋様
東京青山高樹　岡本かの子

たゞいまお手紙を拝見いたしすこし驚記ました。

わたくしは洋行以前決心して今も歌から散文の方へ移ろうとして居るのです。「歌と両方」など、器用なことは私に出来ないことを知つて居ます。で、ずつと以前から雑誌でたのまれても「歌」はことわつて居ます。

歌の方へ心をひかれながら　しかも一心に世間的成巧《ママ》をするかしないかわかりもしない散文を勉強して居ります私にむしろ同情して下さることを願ひあげます。「折角ですが」の内容はこれなのです。私の尊敬する「歌」を余技などにし度くないし　もつと一方の勉強がずつと積まなければ余技としてもろくな歌は出来ないと思ひましたので、いつそおことわりしたわけなのです。万々御目にかかりまして。

追白

何故歌をよして散文に変るかといふ御質問がもしあるならば　それは今度の御辞退とはおのづから別の意義になりますので　また他日御答へさせて頂き度く存じます。

貴方様と新らしく御起しになつた御計画とその御集団の皆々様の御健勝をおいのりいたします。

御夫人様、御子様方にも御健全の御事よろこび上げます

八月二五日　かの子拝

北原先醒

この「書簡」を白秋は、かの子の自分に対する訣別状と見なしたであろう。かくして、かの子は自らの決意通り、まっしぐらに小説創作への道を歩み、もはや白秋の歩みに関わりを持つことは無かった。以後、両者の交流の痕跡は無い。

そして、かの子は一九三九年二月二八日、脳充血で没するまでの僅か数年間に、助手がいたとはいえ、「鶴は病みき」（一九三六年）、「母子叙情」（一九三七年）、「老妓抄」（一九三八年）などの数々の名作を生み続けた。

かの子の没した三年後の一九四二年一一月二日、白秋死去。かの子四九歳、白秋五七歳、の最後まで童心を失わず、各々に波瀾に富む生涯を己の信念を堅持して激しく生きぬき、芸術作品を後世に遺したことも両者に共通している。

8　白秋・犀星・大手拓次

二〇一一年秋、都内目黒区駒場にある日本近代文学館にて開催中の、「滝田樗陰《ちょいん》コレクション展」を観に行った。

滝田樗陰（一八八二―一九二五）は、才能ある多くの作家を「発掘」した中央公論社の名物編集主幹。その滝田旧蔵の著名人の原稿や「滝田宛書簡」の初めての公開であった。

私は、案内状で知った展示物の一つ、『白秋全集』（岩波書店）未収録の「滝田宛白秋書簡」を観るのが主目的で行ったのである。

目当ての白秋書簡は一九一九（大正八）年二月一四日付で、「中央公論」三月号に掲載予定の小説「葛飾《かつしか》文章」の二月一五日締切を、二〇日の朝まで延ばして頂きたいと願う要旨だが、初めての小説執筆に挑んでいる詩人白秋の、迸るような意気込みが伝わってくる手紙であった。

他の展示物で私にとっての大きな収穫は、同一九一九年六月一四日付の「滝田宛室生犀星書簡」に接したことである。

その書簡の冒頭部を引用しよう。

拝啓　まことに突然にお手紙をかきますが　私は別送の詩をかいて来たものですが　このごろ永くかかつて自叙伝をかきました　そして先づあなたに見ていただかうと思ひました　北原君にでも紹介してもらふことを考へましたが遠隔のことゆゑ叶ひませず　突然にあなたにお送りすることにしました　まづいものですが私の自叙伝です　もしあなたが見て下すつた上　採用して下されば私はもつとよいものをかくためにこれからの生涯を励もうと思ひます

文中の「別送の詩」とは、白秋の序「愛の詩集のはじめに」を収めた犀星（一八八九—一九六二）の第一詩集『愛の詩集』（一九一八年一月、感情詩社）のことである。

白秋の序は、次のように始まる。

室生君。

涙を流して私は今君の双手《さうしゆ》を捉《とら》へる。さうして強く強くうち振る。君は正しい。君の此《この》詩集は立派なものだ。

序は、四〇〇字詰原稿用紙二三枚に及ぶ長文で、白秋の犀星に対する全幅の信頼と濃《こま》やかな情愛こもる讃辞が縷々《るる》と綴られている。

先掲の書簡を犀星が滝田に送った六年前の一九一三年一月、白秋より四歳下の金沢の無名の詩人・犀星の詩「壁上哀歌」他二篇が白秋主宰の芸術雑誌「朱欒《ザンボア》」一月号に初めて掲載された。同誌、詩欄への犀星の登場は、大手拓次（一八八七—一九三四）より一ヶ月遅く、萩原朔太郎（一八八六―一九四二）より四ヶ月早い。

「朱欒」が同年五月号で廃刊となった後も、拓次、犀星、朔太郎の三人は揃って、白秋創刊の文芸誌「地上巡礼」次いで「ARS」に、互いに競うがごとく初期の傑作詩篇を発表し、彼らは「白秋門下の三羽鴉《さんばがらす》」と呼ばれた。

その後、朔太郎は一九一七年二月、『月に吠える』の、犀星は翌一九一八年一月、前述の『愛の詩集』の、いずれも第一詩集にそれぞれ白秋の愛情滾《たぎ》る序文を付けて刊行し、共に好評を得て、詩壇に位置を確立している。

さて、犀星が先掲の書簡を滝田に書いた一九一九年半ば、白秋はようやく窮乏生活を脱け出ていた。当時の白秋は、一九〇九年に刊行した豪華な象徴詩集『邪宗門』、一九一一年刊行の大好評を博した抒情小曲集『思ひ出』をはじめ、既に一〇冊ほどの著書を持ち、「東京日日新聞」、「短歌雑誌」の歌壇、「文章世界」の詩壇の選者をつとめ、雑誌「赤い鳥」には毎月新作童謡を発表、雑誌「大観」には詩文章「雀の生活」を連載、「中央公論」には小説まで発表し、その文名は高まる一方であった。従ってその時点では、新進の詩人・犀星とは、文学上の業績において、明らかに大差があった。

ところが犀星は、自分を引き立ててくれた先進白秋を、滝田宛書簡では「北原君」と書き、自らと同等の友人扱いにした上、白秋の熱い愛と讃美の序を付した第一詩集『愛の詩集』を、自己紹介として滝田に送っていた。

すなわち、犀星が滝田への自作の売り込みに、白秋の名を自分の同格の友人として、大いに活用していた事実を知り、私は苦笑を禁じ得なかった。というのは、犀星は、滝田の計らいで「中央公論」に自作の小説が続々と掲載され、小説家としての名声を得るようになると、次第に白秋を軽んじ、ついには一九三九年、「詩人賞」の選考をごり押しの挙に出て、既に目を病んでいた白秋と大喧嘩をしているからである。

私はくだんの「滝田宛犀星書簡」の前に佇みながら、犀星とは全く対照的な、終生、白秋を敬慕した拓次の純情と不運を胸痛むほどに思わずにはおれなかった。

白秋と二歳下の拓次との直接の縁は、拓次の投稿詩、「藍色《あいいろ》の蟇《ひき》」と「慰安」が「朱欒」の一九一二年一二月号に掲載されたことに始まる。同誌の終刊後も、拓次は白秋創刊の「地上巡礼」、「ARS」、「詩と音楽」、「日光」、「近代風景」と、白秋の呼びかけに応《こた》え、総じて「三羽鴉」の中では最も熱心に、最も多く詩作を発表し、いわば「詩の道」で常に白秋に寄り添う同行者であった。

だが、二人は長い間、文通によってのみ交流し、両人が対面したのは、「朱欒」での縁が生じて一四年後の一九二六（大正一五）年五月、拓次が招かれて訪ねた白秋居においてである――その宿痾《しゅくあ》の難聴と内気のため、自ら進んで訪ねるのをためらい続けていたからであった。

二人の初対面の際の逸話を次に紹介しよう。

対面の日までの一四年間、拓次から白秋へ送られてくる手紙や詩稿は、平仮名の多い細身の円い曲線の文字で綴られており、白秋はそれに「何か内気な女手のやうな色めきや優しみ」を感じて、若くてほっそりとした女性的男性を思い描いていた。ところが、初めて白秋居を訪ね、客間に端座《たんざ》していたその人は、がっしりとした体格に肩を打つ捲《ま》いてちぢれた長髪、彫りの深い逞しい顔立ちの、歴山大王（アレキサンダー大王）のごとき中年の偉丈夫であった。白秋はいたく驚いたという。

ところで、拓次は一九二四年と一九二六年、白秋に『詩集』の出版を勧められ、過去の詩稿をとりまとめて、二度、白秋に送っていることが、拓次の「日記」や「書簡」で判明している。だが、拓次の生前、『詩集』は刊行されず、没後二年八ヶ月の一九三六年一二月に、遺稿詩集『藍色《あいいろ》の蟇《ひき》』が、白秋の弟鐵雄の営むアルスより刊行された。

なぜ、拓次の『詩集』は、拓次の生前には刊行されなかったのか。

この問題に関しては、これまで不詳とされながらも、拓次有縁の人や研究者の間でさまざまな憶測が飛び交い、例えば、白秋の個人的な思惑――拓次の才能への嫉妬や拓次へのライバル意識から故意に刊行しなかったように匂わせて書いている人もいる。

私は、白秋研究に携わる者として、長年、この問題を解明したく思いながら着手できないでいたのだが、数年前、拙宅にて未発表の「白秋宛拓次書簡」三〇通、未発表の拓次の詩六篇を発見し、それらに目を通して、一つの手がかりを得たように感じた。

そこで、これらの一次資料をはじめ、『大手拓次全集』5巻別巻1（白鳳社）並びに『白秋全集』39巻別巻1を基礎資料として、両者の交流の経緯を二人の「書簡」を軸に、白秋の身辺の事情を考査しつつ追跡していった。そして、拓次の『詩集』の未刊行の原因が明らかになり、同時に白秋に対する前述の憶測が邪推に過ぎないことも明白になった。

また、上述の一次資料との関係で『大手拓次全集』第2巻所収の次の詩（白秋との初対面六日後の作）が、白秋への献詩と断定できた。

恋よりもにほひゆたかに
ゆふぐれも　むらがり咲く。
あなたとあつたこのうれしさは、
聖霊《せいれい》のみづよりもきよく
恋よりもにほひゆたかに
はつなつの
すゐせんいろのゆふぐれも
むらがり咲く。

おそらく拓次は、詩に「恋」の字を使ったのを恥じらい、秘めたままにしたのであろう。

拓次はこの詩を含め、白秋への献詩及び献詩に類する詩を六篇も作っている。

「三羽鴉」の二羽、朔太郎、犀星には見られないことである（犀星に白秋没後の弔詩はあるが）。

拓次が存命中、白秋に会った回数は一一回ほどで、「三羽鴉」の中では最も少ない。だが、白秋に対する敬慕の念は最も厚かった。それだけに尚更、病弱な拓次の生前には『詩集』の刊行が成らなかったことに、心痛むのである。

最後に、拓次が「地上巡礼」の一九一五（大正四）年三月号に発表した詩の一篇を掲げよう。

陶器の鴉

陶器製のあをい鴉《からす》、
なめらかな母韻をつつんでおそひくるあをがらす、
うまれたままの暖かさでお前はよろよろする。
嘴《くちばし》の大きい、眼のおほきい、わるだくみのありさうな青鴉《あをがらす》、
この日和のしづかさを食べろ。

この短い詩の中で、「陶器製のあをい鴉」は、突如、鳴き声をあげて襲いかかり、生まれたばかりの暖かさを持つよろよろと歩く幼鳥の「あをがらす」に変わり、次には「嘴《くちばし》の大きい、眼のおほきい、悪だくみのありさうな」成鳥の「青鴉」に変貌する。そして、末行の「この日和のしづかさを食べろ」との作者の突然の命令は、「青鴉」が元の「陶器製のあをい鴉」に戻ったことの暗示であろう。

ここには、抒情のかけらもない。独自の奇想、幻想が紡ぐ乾いた象徴詩である。また、「陶器の鴉」の、人の意表を突く自在な変貌の描出は、前衛的手法、とさえ言えよう。白秋が拓次を高く評価したゆえんである。

昨二〇一二年、拙著『白秋と大手拓次　共鳴する魂』を書き上げ、多年、白秋にかかっていた憶測の「霧」が晴れた。私はほっとした心地で、余寒の中、明るさを増した春の光を仰いでいる。

9　白秋と芥川龍之介

芥川龍之介（一八九二―一九二七）は牛乳販売業の耕牧舎を営む山口県出身の父新原敏三と東京育ちの母フクの長男として、東京市京橋区（現、中央区）に生まれた。二人の姉がいたが、長姉は龍之介出生の前年、病没している。

続いて不幸なことに、龍之介の生後七ヶ月の時に母フクが発狂したため、彼は母の実兄の芥川道章・トモ夫妻に預けられ、実質上は芥川家に同居する、母フクの実姉で独身のフキに育てられた。そして一二歳の時、子供のいない道章夫妻の養子となった。当時、道章は東京府の土木課に勤めていたが、芥川家は代々江戸幕府の奥坊主をつとめ、文芸や遊芸を好む家柄であった。

白秋と七歳年少の芥川の共通項には、旧家の母親の実家に伝わる豊かな伝統文化の恩恵を受けて成長していることがある。従って、両者共、幼少時より日本の古典に親しみ、文芸に関心を抱き、十代で文学好きの仲間と同人誌を作るなど、きわめて早熟な文学少年となった。

芥川が府立第三中学校、第一高等学校、東京帝国大学英文科と、順調に進んでいったのに対し、白秋は県立中学伝習館中退、早稲田大学英文科中退、そして柳川の生家の破産に遭うなど、波瀾に富む青少年期を送っている。それは、中学時代から新聞や雑誌に投稿した詩歌が掲載され、文学に夢中になり、家業の酒造業を継ぐことなど全く念頭に無かったからである。選ぶべき道の自覚においては、大学一年の時に初めての小説「老年」を脱稿した芥川より、白秋が数年早かったことになる。

白秋と芥川との俗縁が生じたのは、一九一七（大正六）年五月、芥川の第一創作集『羅生門《らしょうもん》』が、白秋の次弟鐵雄の営む阿蘭陀書房から刊行されたことによる。これは、二年前の四月に同書房より白秋が創刊した雑誌「ARS」（一〇月には休刊）の寄稿者で、白秋、鐵雄とも親しかった漱石門下の赤木桁平が世話をした。赤木は漱石門下の芥川の先輩だった。

『羅生門』刊行翌月の六月一七日、芥川の友人たちの発議でその出版記念会が日本橋の「鴻の巣」で催された。案内状は五〇名に発送されており、白秋にも送られた可能性は高いが出席してはいない。その頃の白秋は葛飾の農村にて未刊歌集『雀の卵』の歌の推敲に明け暮れ、二度目の妻章子と貧しい暮らしに耐えていたが、愈々行き詰まり、東京京橋区（現、中央区）の間借り生活に移ったところであった。出版記念会の翌月には阿蘭陀書房が倒産、鐵雄はまもなく出版社アルスを興すが、芥川は出版記念会への白秋の不参や第一創作集を刊行したばかりの書房の倒産で、白秋兄弟には愉快でない思いを抱いたかもしれない。

翌一九一八年一月一三日、白秋の友人で芥川とも交流のある日夏耿之介《ひなつこうのすけ》の第一詩集『転身の頌』の出版記念会が開かれ、白秋も芥川も出席している。両者の初めての出会いだが、二人共、そのことを何も書いていない。多分、互いに親しく話をすることも無かったのであろう。

白秋と芥川の二度目の出会いは、一九一九年六月一〇日、本郷の燕楽軒で催された室生犀星の第一詩集『愛の詩集』の刊行祝賀会の折である。当日、芥川は散会後に会場に着き、残っていた犀星、白秋、川路柳虹らと場所を移して食事を共にした。芥川はその時のことを「白秋酔つて小笠原島の歌を歌ふ。甚《はなはだ》怪しげな歌也」と、「我鬼窟日録」に記しており、この時は白秋とうちとけて話もしたようだ。

ところで、芥川は一九一四（大正三）年、東大在学中の二二歳の時、佐佐木信綱主宰の歌誌「心の花」に歌稿を三度送り、それらは五月、七月、九月と、いずれも同誌に掲載されている。

次は、芥川の同誌での初めての掲載歌「紫天鵞絨《ビロード》」一二首中の一首である。

片恋のわが世さみしくヒヤシンスうすむらさきににほひそめけり

これは、白秋の第一歌集『桐の花』（一九一三年一月）所収の次の三首（傍線は筆者）、

・ヒヤシンス薄紫に咲きにけりはじめて心顫《ふる》ひそめし日
・片恋のわれかな身かなやはらかにネルは着れども物おもへども
・わが世さびし身丈《みたけ》おなじき茴香《うゐきやう》も薄黄に花の咲きそめにけり

の、傍線部を継ぎはぎしてほとんど合成した歌、と言えよう。芥川の歌で白秋の歌三首中に無い語は「にほひ」のみである。この他にも、『桐の花』の歌に類似した芥川の寄稿歌は幾つも挙げることができる。

また、同年四月、「心の花」に発表の芥川の散文「大川の水」には、白秋の第二詩集『思ひ出』（一九一一年六月）の「序・わが生ひたち」での、柳川の人工水路の流れの描写やその文体の模倣が指摘できる。語彙《ごい》においても、『思ひ出』の「序」に現れる巡礼、柩、死などが「大川の水」にも認められる。

以上によっても、芥川が白秋の『思ひ出』の「序」を熟読し、その精髄を取りこんで自らの文体を作ろうとしたことは明らかである。

さらに、その頃の芥川の筆名「柳川隆之介」に、白秋の故里「柳川」と、白秋の本名・北原隆吉の「隆」が含まれていることも、芥川の白秋への傾倒を示す証左と言えよう。

ところが、一九二四年三月発表の芥川の評論「僻見」の「斎藤茂吉」の項では、

僕は高等学校の生徒だつた頃に偶然「赤光《しやくくわう》」の初版を読んだ。「赤光」は見る見る僕の前へ新らしい世界を顕出した。（略）

僕の詩歌に対する眼は誰のお世話になつたのでもない。斎藤茂吉にあけて貰つたのである。（略）

（「女性改造」〉、改造社）

と書いており、先に例証した芥川の若き日の白秋への傾倒は一切、抹消している。

一体、これはなぜなのであろうか。

先ず、芥川が若き日、白秋に傾倒した事実を、三二歳の時の評論「斎藤茂吉」では抹消した問題に取組んだ論文、佐々木充の「竜之《ママ》介における白秋」の結論部を紹介したい。

> 竜之介にとって、白秋を語ることは、もっとも素朴なもっとも柔らかな自己を告白することであった。かかる告白が誰人にとっても羞恥なしにありえないのに加えて、竜之介には一歩先んじられた口惜しさと屈辱とがついてまわるのである。沈黙、――竜之介は白秋については沈黙せざるをえなかった。

私はこの佐々木説を大方、首肯はするが、それ以外にも、芥川の「白秋抹消、茂吉礼讃」には重大な事由があった、と推察する。

もちろん、茂吉は傑出歌人であり、『赤光』や『あらたま』は名歌集である。芥川が『赤光』を読んで深い感銘を受けたのは真実であろう。だが、『赤光』が刊行された一九一三年一〇月には、芥川はすでに大学に進学しており、高等学校の生徒の頃に読んだ、との言とは矛盾する。芥川が『赤光』を読んだのは、一九一五（大正四）年の大学二、三年生の頃、と本林勝夫の研究で判明している。この錯誤の混入からも文全体の信憑性には問題が生じてくる。

芥川が茂吉に初めて会ったのは、一九一九年五月、菊池寛との長崎旅行の折である。当時、茂吉は長崎県立病院精神科部長であった。この出会いを契機に芥川と茂吉の交際が始まるが、芥川はかねてより尊敬していた『赤光』の歌人で一〇歳年長のベテランの精神科医・茂吉に会い、歓談して、その人柄の朴訥さ、ほのぼのとした温かさ、率直さ、真面目さ、丁重さに、秘かに感動したに違いない。そして、芥川には、往々、「患者」が「信頼する医師」に抱く思慕も芽生えたのではないか。

なぜなら、嬰児の頃、実母が発狂し、治癒せぬまま一〇年後に死去した傷痕を持つ芥川は、精神病は遺伝すると言われていたその時代、自分もいつか発狂するのでは、との不安と恐れを、常に胸奥に抱えていたからである。

ところで、「斎藤茂吉」を書いた頃の芥川は、三年前の一九二一年三月から四ヶ月に亙る中国旅行での無理が祟り、帰国以来、胃腸病、痔、神経衰弱による不眠症に苦しんでもいた。わけても不眠症は悪化して、すでに同年秋から「睡眠薬依存症」に陥っていた。

ちょうどその頃、茂吉は欧州留学に出発している。従って、以上の持病に悩まされていた芥川は、欧州で研鑽《けんさん》中の茂吉に、自分を病苦から救い出す期待を抱き続け、自ずと思慕も募り、それも大きな執筆動機の一つとなって、一九二四年初頭の頃、白秋抹消、茂吉礼讃の文を書いたのではなかろうか。

「茂吉宛芥川書簡」は一九一九(大正八)年一一月より一九二七(昭和二)年三月までの二五通が『芥川龍之介全集』(岩波書店)に収録されており、その大部分は茂吉の欧州からの帰国後の、一九二五年五月以降に集中する。一九二六年三月から、茂吉は芥川の希望通りにその宿痾《しゅくあ》に関わり始め、彼に長年の主治医がいるのを知りながら、芥川の懇願に応えてドイツ製の睡眠薬や鎮痛剤を度々与えている。

白秋と芥川の交流に戻ろう。芥川は、一九二二年九月に白秋と山田耕作が創刊した雑誌「詩と音楽」（アルス）に散文詩三篇を寄稿、一九二六年一一月に白秋創刊の詩誌「近代風景」（同）にも「萩原朔太郎君」を寄稿している。前者には詩人芥川の面目が表れ、後者は朔太郎の本質を鋭く突き、芥川の自信作と窺える。

両者の最後の交流は、不運にも一九二七年三月に突発した「アルス対興文社・文藝春秋社闘争事件」（アルスの『日本児童文庫』全70巻の企画書を入手した興文社が顧問の文藝春秋社社長・菊池寛と諮《はか》り、類似の『小学生全集』全80巻を企画、双方が新聞広告などを通して激しく争った事件）に関わるものであった。菊池の親友の芥川は『小学生全集』の名前のみの編集者に担ぎ出されており、アルスと敵対する立場となっていた。事態の更なる悪化を避けるため、四月朔日前後に白秋が芥川を訪ね、その答礼に四月一三日、芥川が白秋居を訪問していることを『芥川龍之介全集』第20巻所収、年次未詳の「白秋宛書簡」の内容で確定した。

芥川は同年一月、義兄が鉄道自殺を遂げ、その後始末に奔走して疲労が積もっていた上、「アルス対興文社・文藝春秋社闘争事件」の勃発で、心労がさらに重なったに違いない。

先述したが、芥川は六年前の一九二一年から胃腸病、痔、不眠症に苦しみ、大量の薬の服用で、一九二六年春頃からは幻覚症状も起きるようになっていた。芥川が自殺の半年前に発表した「萩原朔太郎君」（「近代風景」）に、次の言葉がある。

理智はいつもダイナマイトである。時にはその所有者自身をも粉砕せずには置かぬダイナマイトである。

これは、幻覚症状を自覚する芥川が、自らの理智が機能する内に身の始末、すなわち「自爆」を決意していたことを示している。

そして、芥川は遺書を書き、「続西方の人」を脱稿し、致死量の睡眠薬を飲み、自裁した。

なお、芥川は自裁三ヶ月前の一九二七年四月に発表した「僕らの散文」（「文芸的な、余りに文芸的な」、「改造」）の中で、「僕らの散文に近代的な色彩や匂を与えたものは詩集「思ひ出」の序文だつた」と書いているが、これは三年前の文「斎藤茂吉」での白秋抹消を反省したからでもあろう。

白秋が芥川について書いたのは、いずれも芥川の没後で、「芥川龍之介君について」、「癇癪《かんしやく》」（以上、「近代風景」）、「千樫についての断片」（「日光」）の三つである。この内、芥川の自死直後に書いた最初の文では、芥川の来訪（四月一三日）による最後の一会に触れ、対話の内容を発表しないのは芥川君の「苦衷を思つたから」で、「私は君を愛惜し、理解の深かつた後進の一人を失つたことを私自身にも寂しく思ふ」と結んでいる。

白秋も芥川との「文学上の血縁」の近さはよく分かっていたのである。

10　白秋と中西悟堂

はじめに中西悟堂の略歴を紹介したい。

白秋より一〇歳年少の悟堂は一八九五（明治二八）年一一月一六日、金沢市長町に生まれた。幼少にして父母と死別したため、父方の伯父・中西悟玄の養子となり、東京で成育した。一〇歳の頃、秩父山中の禅寺に預けられ、修行中に小鳥と親しむ。一五歳で得度し、天台宗学林に学び、歌作、詩作を始め、内藤鋠策《しんさく》主宰の「抒情詩」に作品を発表する。僧職。一九三四（昭和九）年、「日本野鳥の会」を創立し、戦後は自然保護運動に尽力した。著書に『定本野鳥記』全16巻（春秋社）などがある。文化功労者。一九八四（昭和五九）年一二月一一日死去。享年八九歳。

白秋と悟堂が出会ったのは、一九一七、八（大正六、七）年頃と推測される。当時、悟堂は歌誌「珊瑚礁」の同人で、同誌に短歌を発表していた。白秋も一九一七年一一月から一九一九年一月まで、同誌に歌話「洗心雑話」を九回連載する。また、一九一八年には、悟堂が編集に携わる「短歌雑誌」（東雲堂書店）に、白秋は「短歌私削」や「「国詩」審査の非難について」など三回寄稿している。よって二誌を通して、悟堂と白秋は面識の機会を得たはずである。

さらに、白秋、山田耕作創刊の雑誌「詩と音楽」の一九二三年七月号に悟堂の詩「竹館奠情《てんじょう》」二篇が掲載されていることも、両者の交流を示している。

さて、前半生は共に幾度もの挫折を味わった両者の真の出会いは、一九三四（昭和九）年二月、悟堂の「日本野鳥の会」創立が機縁となった。

悟堂は同年六月二日、三日の初の富士山麓須走《すばしり》における大探鳥会への参加を各界の文化人に呼びかけた。白秋も招かれて加わり、探鳥会での発見と楽しさに魅せられたのである。

九州の豊かな自然に恵まれた地方で成長した白秋の、自然への愛着は深く、もちろん鳥にも強い関心を持ち、三〇代前半の貧窮時代には特に雀に親しみ、一九二〇年には詩文集『雀の生活』を、翌年には歌集『雀の卵』を著してもいる。

探鳥会での白秋は、大自然の直中《ただなか》での多種多様な野鳥の鳴き声に耳を澄ませ、それぞれの鳴き声の鳥の名を教えられ、また、数種の営巣の宝石のごとき鳥の卵を目にして、驚異と讃嘆に浸されたのであった。

その体験を、帰京するや白秋は早速に長文の随筆「きよろろ鷲」にまとめて、翌七月刊の雑誌「改造」に発表している。さらに悟堂の求めに応えて、「野鳥の会」の機関誌「野鳥」八月号に詩「こさめびたき」と、「中西君。／野鳥を聴く会に参加した二日間の幸福をわたくしは何よりお誘ひくだすつた貴兄に感謝したく思ひます」と始まる書簡体の文「野鳥を聴きて」を寄稿、同誌一〇月号にも、旧作だが、「渡り鳥」三七首を寄せている。

「改造」掲載の随筆「きよろろ鷲」は、翌一九三五年七月刊の詩文集『きよろろ鷲』（書物展望社）に収め、随筆の題を本の題名に採ったことからも、探鳥会での白秋の感動の大きさが察せられる。

ただ、「野鳥の会」による同一九三五年一一月一〇日の霧ヶ峰での探鳥会には、白秋は妻子と共に参加するものの、歌誌「多磨」を創刊して五ヶ月後の繁忙を極めるさ中での日帰りの旅で、疲れたのであろう、記録は残していない。

特筆すべきは、一九三七（昭和一二）年五月二二日、二三日、白秋自らが「多磨野鳥の会」を富士山麓の須走と山中湖で催したことである。招かれた悟堂は一行の指導者として仰がれ、「多磨」の会員や白秋の友人の釈迢空、白山春邦（画家）ら、三一名が参集し、歓を尽くした。

その「会」の詳細な記録「野鳥見聞記」を、白秋は同年六月号の「多磨」に掲載し、同誌の「雑纂」にも、催した「多磨野鳥の会」の充実ぶりと悟堂への感謝の念とを述べている。

白秋にとって、この三度目の「野鳥の会」体験の大きな収穫の一つは、同年七月号の「多磨」に発表した、総題「夏鳥」の、朝山《あさやま》は風しげけれや夏鳥《なつどり》の百鳥《ももどり》のこゑの飛びみだれつつ　（『渓流唱』）

を含む一四首を得たことであろう。とりわけ、掲載の「朝山《あさやま》は」の歌は会心の作で、よく揮毫《きごう》もしている。

かくのごとく、「多磨」主宰としても大活躍をしていた五二歳の白秋であったが、半年後の一九三七年一一月には、糖尿病、腎臓病の進行による眼底出血を起こして入院、以後、終の日までの五年間の薄明生活に入った。

次は、翌一九三八年三月一五日付の「白秋夫妻宛悟堂書簡」の一部である。

お眼のこと、いろ〳〵の方から間接に御容態を伺つてをりますが、心痛の至りです。（略）御存知はない筈ですが、私も足掛五年間全く両眼失明いたし、この世は再び見られぬと宣告もされ、自分でもあきらめてゐましたのですが、ふしぎに癒りました。（略）名医よりも自然の時節を気長に思召され御注意にも御注意なされて御静養切に祈り上げます。

かつて失明した体験を持つ悟堂ならではの、真率で温かい見舞の言葉である。白秋と悟堂は「野鳥の会」を通して、肝胆相照らした。それは、両者が共に、生きとし生けるものはすべて尊い命の現れ、と観《み》る生命観を信念として持っていたことによる。

そして、白秋は悟堂によって野鳥の世界に開眼し、その詩歌は豊かさを増したと言える。悟堂にとっては、詩歌壇の先進で重鎮でもある白秋より「野鳥の会」への大賛同と感謝とを示され、「野鳥の会」活動という新たな道を歩み始めたことに少なからぬ励ましを得たことであろう。

悟堂は若年にして仏道修行に徹し、自然、鳥獣との融和を体現する稀有なる人であった。

裸坐の呼吸《いき》やうやく深き刻《とき》移り鶲《ひは》・四十雀《しじゅうから》も肩に寄りくる　（一九六六年作）

これは還暦より半裸で暮らした悟堂作の一首である。悟堂は懐《ふところ》に大木《おおこ》の葉木菟《はずく》を飼ってもいた。

なお、悟堂は臨終の際、「白秋君に会いたい」と言った、と新聞の訃報記事に書かれていた。

11　白秋と村山槐多《かいた》

美しき紫の花かがやかしなす畑にほふ雨そそぎつつ　（一九一八年作）

先ず、この歌の作者、画家で詩人の村山槐多（一八九六―一九一九）のごく簡単な略歴を紹介しよう。

槐多の父は山形出身の村山谷助で、もと森鷗外家の書生、母山本タマは愛知県岡崎の出身で同じく鷗外家のお手伝いをつとめ、二人は鷗外の世話で結婚した。

彼らの長男槐多は、中学教師の父の赴任先の京都で絵や文芸への関心を育み、成長している。一九一〇（明治四三）年、槐多は京都府立一中の二年生の夏、村山家に数日滞在した母方の従兄で画家、版画家の山本鼎（タマの姉山本タケの長男）から強い影響を受け、画家になることを志した。三年生の時から友人達と回覧雑誌を作り、自作の詩、短歌、小説などを載せ、その早熟ぶりを示している。

中学卒業後の一九一四年夏に上京。当時、欧州留学中の鼎の紹介で、その親友の画家、小杉未醒《みせい》宅に寄寓し、日本美術院の研究生となった。やがて、美術展に出品した「カンナと少女」や「湖水と女」など、その作品が度々入賞して画壇で注目される。

しかし、恋の破綻、生活苦や放浪癖のため、酒に溺れ、肺を病み、一九一九（大正八）年二月二〇日、二二歳五ヶ月の生涯を閉じた。


さて、槐多が白秋に関心を抱いたのは、中学時代に鼎から親友の詩人白秋について話を聞いてのことと推察される。槐多の初期の詩や短歌には、白秋の第二詩集『思ひ出』（一九一一年六月）や第一歌集『桐の花』（一九一三年一月）の顕著な影響が認められる。

一九一六（大正五）年暮、鼎は五年間の欧州留学を終えて帰国。翌春、白秋の妹家子と婚約、九月に鷗外の媒酌で挙式した。槐多は従兄の鼎が白秋の義弟となり、白秋をより身近に感ずるようになったであろう。翌一九一七年七月一二日の槐多の「日記」には、「白秋の『雲母集《きらら》』おもしろい」との一行がある。『雲母集』は一九一五年八月、阿蘭陀書房刊の第二歌集。

次は、拙宅にて最近発見した唯一の「白秋夫妻宛槐多書簡」(葉書)である。

一九一七(大正六)年一一月一〇日
本郷動坂町三六四　北原白秋様　奥様
根津藍染町二二　丹野方ニテ

先日は突然上がつて失礼しました。
家子様のお手紙に依ると奥様が何か私に御用があるとの事　私はいますこしやりかけた事でこの四五日伺ふ閑をめつけかねますから　御面倒ながら手紙でおつしやつて下さい

出来る事なら何でもしますよ　さよなら

槐多

当書簡で槐多が、窮乏時代の白秋、章子夫妻の暮らす本郷区動坂（現、文京区千駄木）の長屋の住まいを訪ねていることをはじめ、槐多の白秋夫妻への篤い好意、作品制作時の強度の集中力などが明らかとなった。

一九一九年二月二〇日、槐多が急逝すると、翌一九二〇年六月にはその遺稿集『槐多の歌へる』が白秋の弟鐵雄の営むアルスより刊行された。数日後に催された内輪の「槐多を偲ぶ会」には、二度目の妻章子と離婚した直後の白秋も出席している。『槐多の歌へる』を高く評価しての出席であることは言うまでもない。

七年後の一九二七（昭和二）年二月刊行の白秋編『日本民謡作家集』（大日本雄弁会）には、槐多作「孔雀の様なまつ毛」が収録されている。全四連から成るが、その第一連のみ、次に掲げよう。

そなたの眼《まみ》の毛の列は
紫深しなつかしや
孔雀の尾をば切り取りて
そなたの眼につけた様に

この僅か四行にも、「紫深し」の鮮烈さ、音楽性に富む語の反復、独創的な比喩、七五調の整斉など、その詩才は鋭く光っている。

白秋の槐多に対する次のような直接の評言も見受けられる。

私は知つてゐる。私の義弟山本鼎の近親であつて、同じく画家であり、未完成ながら天才の俤《おもかげ》を多分に示した村山槐多の遺稿集『槐多の歌へる』のあの暴露の凄まじさを。

（「『藍色の蟇』の詩人に」、大手拓次著『藍色の蟇』、一九三六年一二月、アルス）

白秋は第二詩集『思ひ出』を刊行して詩壇の寵児となった二六歳の時以来、よく「天才詩人」と評されたが、白秋自身は三五歳で書いた小説「よぼよぼ巡礼」の、自らをそのまま投影した主人公の推敲に苦しむ詩人・素春に、「私は決して天才ではなかろう」と言わせている。

そのような白秋が槐多を「天才の俤を多分に示した」と評した観点からも、稀有なる天分に恵まれた槐多の早世が惜しまれてならない。

12　白秋と巽聖歌《たつみせいか》

一九七一（昭和四六）年春、私共の結婚披露宴の席に、銀髪の際立つ人がいた。夫隆太郎より巽聖歌氏と教えられた。

巽聖歌は本名・野村七蔵。一九〇五（明治三八）年二月一二日、岩手県紫波郡日《ひ》詰《づめ》町に生まれた。一九歳の時に雑誌「赤い鳥」に投稿した童謡「母はとっとと」が同誌一九二四（大正一三）年四月号に白秋の選で入選し、以後も多くの童謡が入選、「水口」など推奨された。

一九二八（昭和三）年八月、家庭教師をしていた九州の久留米より上京し、翌年五月、白秋の弟鐵雄が社主のアルスに入社、白秋門下の中でも側近となった。一九三〇年三月、同門の与田準一らと童謡雑誌「乳樹《ちちのき》」（後、「チチノキ」）を創刊する。

翌一九三一年一二月、白秋の「童謡をより高い詩へと展開せしめた」との「序」を付して第一童謡集『雪と驢馬《ろば》』（アルス）を刊行、童謡詩人としての地歩を固めた。一九三五（昭和一〇）年六月、白秋創刊の歌誌「多磨」に参加し、丈高い作品を発表。一九四〇年にはアルスを退社し、季刊の児童雑誌「新児童文化」を創刊した。敗戦の翌一九四六年、疎開先の岩手で詩と短歌の雑誌「新樹」を創刊、後に一家を成す菊地新、玉城徹らが参加し、自らも旺盛に詩と短歌を発表する。一九四八年に上京し、最晩年まで児童文学界の指導者として活躍しつつ、夭折した童話作家・新美南吉の著作の刊行と紹介に尽瘁《じんすい》した。一九七三年四月二二日、心不全で死去。享年六八歳であった。

白秋には多くの弟子がいたが、白秋と巽との関わりの三つの特異性を指摘しておきたい。

一、童謡と短歌の二分野における弟子

巽は童謡「たきび」の作者、児童文学者としてはかなり知られているが、歌人の側面はほとんど知られていない。歌歴は長く、すでに一九二九（昭和四）年には回覧雑誌「金のべごご」に短歌の発表を始め、一九三二年には白秋創刊の「短歌民族」に格調高い歌を発表、「多磨」では一九三五年六月の創刊号より、その中枢のI部会員として参加している。同誌発表の一首を取りあげてみよう。

春山《はるやま》に消残《けのこ》る雪の斑雪《はだらゆき》消《け》ぬがに見えて夕べ凍《し》みたる

視覚で捉えた春の山肌に残る斑雪の幽けさに、末句の「夕べ凍みたる」との寒々しい皮膚感覚が加わり、春の夕べのあわれが醸されている。その格調の高さや音韻の交響から生じている清澄感などにより、完成度の高い作品と言えよう。

残念なことに、一九五〇年九月の「新樹」終刊（全27冊）の後、巽は様々な事情で歌作から遠ざかり、ついに一冊の歌集も持たずに死去した。巽の没後に刊行された『巽聖歌作品集』（上、下）の下巻には、一八七〇首ほど収録されているが。

巽は白秋門下の中で、童謡と短歌の二つの異なった分野を横断して活動し、各々に第一級の作品を残した稀なる詩人、歌人であった。

二、白秋の叱責は喜び

かつて、歌人の故野北和義（「中央線」所属）から、「白秋先生の弟子の中で、先生から最も頻繁に叱られていたのは巽さん」と、直接に聴いたことがある――「巽さんが先生に何か言っているのを聞いていると、もうそれ以上言うと先生がお怒りになると思った矢先、案の定、先生は怒り、巽さんを叱りつけていた」と。巽自身、「多磨・北原白秋追悼号」（一九四三年六月）に、次のように書いている。

先生が歿《な》くなつたとき、一番先に来たかなしみは、もうこれで叱られることがなくなつたといふことであつた。御葬儀の前夜、やつとひとりになれたとき、これが第一に来た思ひだつた。何といふかなしみ、何といふ不幸であらう。

この文を理解するには、巽が七人きょうだいの末子で、生後八ヶ月にして父親と死別した境遇を考えねばならない。父親から叱責された体験が全く無く成長した巽は、おそらく師白秋から叱られることに「父の愛」を感じ、秘かに喜びを覚えていたのではなかろうか。

三、後進を育てて世に出す使命感

巽と八歳年少の新美南吉との交流は、巽、与田準一らの童謡雑誌「乳樹《ちちのき》」に、一九三一（昭和六）年九月、南吉が参加して始まるが、同年末、南吉は巽を頼って愛知県より上京し、以来、「兄弟」のごとき親しい交わりが続く。たとえば、翌一九三二年四月、東京外国語大学に進学した苦学生の南吉は、四ヶ月間、巽の自宅に寄寓している。さらに、南吉の初めての創作童話集『おぢいさんのランプ』（有光社）は、結核で死去する前年の一九四二年一〇月、巽の尽力によって刊行された。

そして、一九四三年二月、巽は、瀕死の南吉から遺言の手紙を添えて託された未発表の大量の原稿を、同年三月二二日の南吉の死後、整理、編集して、童話集『牛をつないだ椿の木』（大和書店）をはじめ、『新美南吉童話集』全3巻（大日本図書）や、「日記」、「書簡」をも集めての『新美南吉全集』全8巻（牧書店）などを刊行している。

そうした仕事が巽の背にいかに重くのしかかっていたかは、還暦の頃に詠んだ「ひとのため命燃やしてまさに老ゆしかく思ふとき涙おとしつ」との一首にも表れている。

晩年、巽は入退院をくり返すが、亡くなる二年前の一九七一年七月にも『新美南吉十七歳の作品日記』（牧書店）を刊行している。

かくのごとく、後進のために力を尽くす生き方も、巽が白秋から継承した姿勢であった。

巽は、一九六二年四月一二日付「北原隆太郎宛葉書」に、次のように書いている。

(白秋)先生は私と与田君のことを「この子らはおしめからしてやったんだからねえ」と酒席などでおっしゃっていました。

「おしめから」とは誇張した諧謔だが、白秋が巽、与田らを「育てた」のは事実であろう。白秋が五〇歳で決断した「多磨」の創刊も、「日本詩歌の正統」を継ぐ後進の育成が主眼であった。

弟分の異才、新美南吉を世に出すことに献身した巽の深い愛を、あの豊かな銀髪の美しさと共に、思わずにはおれない。

13　白秋と新美南吉

児童文学者・新美南吉（一九一三―一九四三）は白秋生誕の二八年後、愛知県知多郡半田町（現、半田市）の畳屋の次男として生まれた（長男は夭折）。本名は正八。四歳の時に実母が病没、父が再婚して異母弟が生まれたため、継母から疎《うと》まれるなど、継母との葛藤で心に傷を負う少年期を送った。

一九二六（大正一五）年四月、愛知県立半田中学校に進み、二、三年生の頃より友人や図書館から借りた本を多読、同時に自作の詩や童話を雑誌に投稿し、度々掲載される。

一九三一（昭和六）年三月、半田中学を卒業し、岡崎師範学校を受験するが、身体検査で不合格となり、四月から八月までは母校の小学校で代用教員をつとめた。

その失意の日々に、鈴木三重吉の雑誌「赤い鳥」に投稿した童謡「窓」が白秋の選に入って一九三一年五月号の同誌に掲載され、以後も毎月のように南吉作の童謡の掲載が続く。

近年、南吉の中学時代のライバルで共に文学を志し、旧制第八高等学校に進んだ久米常民（後に国文学者）宛の「書簡」が愛知県で発見された。「赤い鳥」への掲載が続く頃の南吉の久米宛の手紙に、「もう俺は白秋に認められているつもりだ」と書いていることから、岡崎師範受験の失敗からの痛手の回復と確固たる矜持《きょうじ》も窺える。

「赤い鳥」には南吉作の童話も鈴木三重吉の選で同年八月から一九三二年春まで、「正坊とクロ」、「張紅倫」、「ごんぎつね」、「のら犬」の四作が入選して掲載された。これらの中で、一八歳で書いた「ごんぎつね」は、今も小学校の教科書に載ったり、絵本が版を重ねたりして、愛読者は多い。

元に戻るが、一九三一年九月、南吉は白秋の弟子、巽聖歌や与田準一らの童謡同人誌「乳樹」に参加して巽と文通を始め、一二月には上京して巽の下宿に泊まっている。

そして、翌一九三二年正月、巽に連れられて府下北多摩郡砧《きぬた》村（現、世田谷区砧）の白秋居を訪ね、白秋との初対面を果たした。

その直後に書いた白秋への礼状（南吉の日記帳に書かれていた「白秋宛書簡」の写し）が斎藤卓志著『素顔の新美南吉』（二〇一三年五月、風媒社）に掲載されている。その一部を引用する。

拝啓　うれしくてうれしくて、故郷に帰つた今、また砧村の先生のお宅でお目にかゝつた時のことをくり返しくり返し思つてゐます。（略）先生のお宅にあがつてから、先生が僕を「新美君」と仰有つたときも、うれしくて返事が出来ないほどでした。先生は巽さんを「巽」とお呼びになつたと思ひます。与田さんも、「与田」とお呼びになるでせう。僕も「新美君」でなくて「新美」と呼ばれる様に、努力しようと思つてゐます。（後略）

白秋にまみえた感激を独自の切り口で率直に述べた、すでに文士の手紙、である。同一九三二年三月、南吉は東京外国語大学に合格、以後、大いに学び、見聞を広め、とりわけ西欧文学の滋養を摂取し、創作にも意欲を燃やす充実の四年間を送った。

前掲の白秋との初対面の後、南吉が白秋に会ったのは、一九三二年一一月の多胡《たこ》羊歯《しだ》の第一童謡集『くらら咲くころ』の出版記念会、一九三三年七月、与田の第一童謡集『旗・蜂・雲』の出版記念会、同年一二月、巽同伴の新雑誌創刊についての相談の訪問（註、四月に白秋が三重吉と絶交したため、「赤い鳥」から退いた白秋門下による企てであったが、白秋は賛同せず、企ては潰《つい》えた）、一九三五年一月と翌一九三六年一月の白秋会の計五回である。

なお、南吉は在学中の一九三四（昭和九）年二月に一度目の喀血《かっけつ》をするが、十分な療養はしなかったようだ。二年後の三六年三月、大学を卒業して東京で就職、張り切って童話を書いていたが、秋に二度目の喀血をして、療養のために帰郷のやむなきに至った。だが、両親との関係は悪化し、自死をも思う苦悩深き一年半を耐え続けた。

一九三八（昭和一三）年四月、恩師の世話で愛知県立安城《あんじょう》女子高等学校に就職、以後の五年近く、女子教育に情熱を注ぎつつ、善意の庶民の生きる哀しみと歓びが基調の多くの童話を書いた。一九四二年一〇月には巽の骨折りで第一童話集『おぢいさんのランプ』（有光社）を刊行している。

南吉と白秋との関わりになると、南吉の一九三六年秋の帰郷後は、白秋と疎遠にならざるをえなかった。一九三五年六月、歌誌「多磨」を創刊した白秋がますます繁忙の身となったからだが、南吉は「多磨」の購読を続けている。

それに、南吉は「乳樹」に加わった一八歳の時から白秋高弟の巽に大層世話になった恩義があり、巽を差し置いて白秋と直接連絡をとることには巽への遠慮があったと思われる。第一創作集『おぢいさんのランプ』を刊行した際も、白秋への献本の是非について「白秋先生についてはまよつています。さしあげてかえつて失敬にわたるやうなことがないかと思ひます」と、一九四二年一〇月一七日付「巽宛書簡」にて相談している。

同年一一月二日の白秋の死去は、結核に罹っている南吉には響いたであろう。病勢は進んで冬には臥床し、出勤も難しくなった。

翌一九四三年二月一二日、南吉は、書きためていた未発表の原稿すべてを「いいのだけ拾つて一冊できそうでしたら作つて下さい」と、巽への遺言の手紙を添えて送った。

同月下旬、見舞に来た安城高女での教え子の一人の大村博子に、白秋生前の最後の歌集『黒檜《くろひ》』を与えている。そして、三月二二日、喉頭結核のため、二九歳七ヶ月の独身の生涯を終えた。

後年、大村は白秋系短歌結社の「草木」に属し、現在も詩情豊かな歌を詠み、活躍している。

Ⅲ　白秋閑話

1　白秋の芸術作用

一九一四（大正三）年二月末、白秋は肺を病む妻俊子の療養のため、小笠原父島へ渡った。

しかし、島の大自然には魅せられながらも、予想外の物価高や島民の病人に対する冷眼視などで居づらい暮らしであり、俊子は同年五月末に離島し六月初めに帰京、白秋も六月末には帰京した。

夫婦一緒に帰京しなかったのは、旅費が足りなかったせいだが、この帰京の日のずれが夫婦離別の一因を作った——白秋より二〇日ほど早く帰って夫の軛《くびき》を離れた俊子は、あちこちと出歩き、自由に行動したのである。

さて、帰京した白秋は、両親、弟妹らの住む麻布坂下町の家のすぐ近くの煙草屋の二階に俊子と間借りするが、貧しさと俊子の交遊関係をめぐって夫婦喧嘩が絶えず、七月半ばに俊子は三重県伊賀の実家に帰った。そして、八月初めに白秋は俊子の両親と俊子に離別状を送り、同意を得て、正式に離婚した。

離別の原因については、白秋長男の隆太郎が一九四九（昭和二四）年四月、叔父の鐵雄を中野区の自宅に訪ね、白秋に関わる話を聴いてメモをした「ノート」に、俊子が小笠原から帰って橘三千三という青年と仲良くなり恋愛関係になったこと、と記されている。

橘三千三とは、白秋と俊子が三浦三崎に住んだ一九一三（大正二）年から翌年初め頃、白秋居に出入りした青年で、ロシア語に堪能であったという。

次は、白秋歌集『雀の卵』、「輪廻三鈔」所収の、諍いのあとに俊子が伊賀へ帰る折の別れを詠んだ、小題「その時」の四首である。

うつし世の千万言《よろづごと》の誓言《かねごと》もむなしかりけり今わかれなる

わが妻が悲しと泣きし一言《ひとこと》は真実《まこと》ならしも泣かされにけり

三界《さんがい》に家なしといふ女子《をみなご》を突き出《いだ》したりまた見ざる外《と》に
ほとほとに戸を去りあへず泣きし吾妹《わぎも》早や去りけらし日の傾きぬ

以上の四首の内、三首目までの初出は一九一七（大正六）年一〇月刊の「文章世界」で、四首目は歌集編集時の作だが、苦しい恋愛と曲折を経て夫婦となった二人の、わずか一年二ヶ月後に迎えた破局の無惨と悲哀とが色濃く滲んでいる。ところで、最近、俊子が伊賀へ立った直後に白秋が俊子の母福島塩子に宛てて書いた「断簡」を拙宅にて発見したので、次に引用しよう。

私がまり子（註、当時の俊子の通称）に対して不愉快なのは、現在大といふものがあり乍ら、甘つたれるからと云つて、さういふ軽薄な第三者を自分の心の中に自由に出入させたといふ事で御座います。第三者がどれほどまり子に同情したといふ処で、すぐにそれに乗せられて了つて、真の同情を持つた夫の心を疑つたり迷つたりするのは何といふ上すべりした女かと思ひます。人といふものは上面《うはべ》ではお世辞を云つても、かげでは赤い舌を出して居ります。兎に角夫婦間の愛情問題にくだらぬ野次馬の出入するやうになつては二人の間に益々大きな溝が出来るばかりで御座います。決していい事は御座いません、現在私がどれほどそれが為に不愉快な思をしてゐるかわかりません、まり子が帰る時悄《しほ》〳〵としてゐましたので少しは考へてくれるかと思つてゐましたが、新橋ではもうその橋と、弟や妹の見てゐる前でわざと遠くにはなれて内密話をしてゐたといふ事で御座います。さうして橋も別れが辛いと云つては改札口まで来て引き返したり、汽車が出る頃になつてまた飛んで来たり、伊賀へ遊びにゆくの何のといふ事を約束したり、弟や妹はそればかしで気をわるくして帰つて来ました。

この「断簡」によって、俊子の帰郷の際、白秋末弟の義雄（註、当時、次弟の鐵雄は勤め先の金尾文淵堂に住みこんでいた）と妹の家子が麻布の家から俊子に同行し、新橋駅にて見送っていたこと、さらに、新橋駅には俊子から連絡を受けていた橘三千三が見送りに来ていたことも判明した。

義雄と家子が俊子を新橋駅まで見送りに行ったのは、一つには「義姉」への思いやりからであり、もう一つは、俊子が橘に会いに行ったりせずに予定通りの帰郷の汽車に乗るのを見届けるためでもあったと推察される。

ここで、歌作において白秋は、弟妹が俊子に麻布の家から付き添い新橋駅まで見送ったことも、橘が俊子を同駅まで見送りに来て別れを惜しんだこともすべて消去し、登場人物は夫である作者と妻に絞り、その夫婦の離別の悲哀を心理の動きと絡めて、あたかも映像のシーンのように描出した、と読み解ける。

なお、三首目の「女子《をみなご》を突き出《いだ》したり」は、事実ではなく、比喩的な表現である。四首目の上の句も微小な事実を拡大、誇張して描いた妻の姿であろう。

また、「断簡」には、俊子が家を出る時、「悄《しほ》〳〵としてゐましたので少しは考へてくれるかと思つてゐましたが」と、俊子の反省を期待する箇所もあり、岩波書店

版『白秋全集』第39巻『書簡』所収の、一九一四年七月二〇日付「福島塩子宛書簡」にも、

……まり子悔悛の情見え候はゞ九月にても十月にても一応どなた様か当人同道にて当方両親まで御詫言なし下され度、さすれば一応の取做《とりな》しは仕《つかまつる》べく（後略）

と、事態収拾の余地も示している。

だが、先掲の四首は、「別れ」の章題の下に、帰郷すなわち離別、の構成に嵌《は》め込まれている。

かくのごとく、白秋は、事実を篩《ふるい》にかけて素材を選び、煮つめ、捏《こ》ね、発酵させるなどの幾つもの作業を施し、素材を「芸術作品」に仕立てあげることを目指していたのである。

2 『思ひ出』刊行一〇〇年

二〇一一年六月五日は、二六歳の白秋が第二詩集『思ひ出』を刊行して満一〇〇年の日であった。

一九〇四（明治三七）年春、柳川から上京して早稲田大学高等予科文科に入学した白秋は、詩作と読書に専念するため、翌春には退学する。一九〇六年春、与謝野寛の率いる新詩社に入り、その機関誌「明星」に新風の詩作を続々発表、上田敏、蒲原有明らの先進から注目された。

しかし、一九〇八年一月には他誌への寄稿を禁ずる新詩社を脱退、独立した一詩人として諸雑誌に詩や短歌を発表し、旺盛な創作活動を展開してゆく。

そして、翌一九〇九年三月、「象徴詩」を標榜《ひょうぼう》した異国情緒の漂う第一詩集『邪宗門』（易風社）を刊行するが、用語が難解な面もあり、文壇ではほとんど顧みられなかった。その上、同年暮れには柳川の生家がついに破産してしまう。翌々年の一九一一（明治四四）年六月、『思ひ出』（東雲堂書店）は世に出た。所収の詩一篇を掲げておこう。

水虫の列

朽ちた小舟の舟べりに
赤う列《なみ》ゆく水虫よ、
そつと触《さは》ればかつ消えて、
またも放せば光りゆく。

このようなみずみずしい感覚でうたわれた抒情詩から成る『思ひ出』は、刊行されるや、たちまち世の讃辞を浴びて版を重ね、白秋は一躍、「詩壇の星」となった。『思ひ出』に対する讃辞の中で、白秋が最も感動にふるえ、恩義を感じた存在は、外国文学研究者で京都帝国大学西洋文学第二講座教授の上田敏（一八七四――一九一六）である。

白秋と上田敏との密接な関わりについては、白秋自身が敏の三回忌にあたる一九一八（大正七）年七月、雑誌「太陽」に寄稿の「上田敏先生と私」と題する追悼文にて詳述している。

「直接に手を執つてこそ教はらなかつたが、博士上田敏先生は私の魂の母であつた」と始まるこの文には、訳詩集『海潮音』などの上田博士の著作によって、自らがいかに啓発され薫染されたか、そして博士の文芸論の所説――詩体における新風の追求と新体の創造の重要性――を創作という「行為の上に進むで行つた者は私であつた」、などと明言している。

同文の半ば近くに、『思ひ出』刊行後の賞讃にふれて、「……その当夜、私は京都へ旅した木下君から上田博士が君の『思ひ出』を言葉を尽して讃《ほ》めてゐられるという書簡を受け取つた」とある。「木下君」とは盟友の木下杢太郎、本名・太田正雄だが、ごく最近、奇しくもその未発表の一〇〇年前の書簡の絵葉書を発見したので、次に掲げよう。

一九一一（明治四四）年七月九日（消印）
東京市京橋区木挽町二丁目二葉館　北原白秋様
Kyoto M.O
（表）京都へ来て上田博士を訪ねたらあふるゝ言葉とえ駈《く》すぷれつしよんを以て君の「思ひ出」を讃歎しておられました。
御病気はいかが。七月七日
（裏）□《不明》月に博士は上京の由。「思ひ出会」を致さむと申しておられます。白秋
萬歳

ここに記されている上田敏の発起による「思ひ出会」は、その後、杢太郎、高村

光太郎、平出修も発起人となって案内状が出され、同年九月一七日、神田の西洋料理店「みやこ」にて催された。三〇余名が集うこのわが国の出版記念会の嚆矢《こうし》といわれる「思ひ出会」について、白秋は一九二五（大正一四）年七月刊の増訂新版『思ひ出』の巻末に、次のように述べている。

……デザアトコースに入るや、上田敏先生は立つて、言葉を極めて日本古来の歌謡の伝統と新様の仏蘭西芸術に亙る綜合的詩集であるとし、而もその感覚解放の新官能的詩風を極力推奨された。さうして序文『生ひたちの記』については殊に驚くべき讃辞を注がれた。あれを読んで落涙したとまで。さうしてまた筑後柳河の詩人北原白秋を崇拝するとまで結ばれた。私は無論動顚《どうてん》した。さんさんと私は泣いた。

ここで、敏から激賞された「わが生ひたち」について一言しておきたい。それは、事実そのままの叙述ではない、ということである。

たとえば、白秋は潟くさい柳川沖ノ端の、海産物問屋と酒造業とを兼ね、絶えず人が出入りして騒々しい北原家と、清々しい山里の香りの漂う静かな母の里・肥後南関の石井家を著しく対照的に描いている。

しかし、白秋は全く触れてはいないが、幼少期の白秋が度々訪れて長期に亙って滞在した一八九〇年前後の石井家も一〇以上の酒倉を備えて酒造業を営んでおり、北原家ほど多くはないが、酒づくりの季節には職人たちの出入りはあったわけである。

また、白秋は肥後南関の石井家には乳母と二人で行ったと書いているが、実際には異母姉の加代や鐵雄ら弟妹とも一緒に行っていたのである。

すなわち、「わが生ひたち」は、事実そのままではなく、素材の事実に芸術作用を施して成った文学的結晶というべき作品なのである。

さて、『思ひ出』が世の賞讃を浴びたのは、一つには、白秋の故里における幼少期の体験が、その並はずれた記憶力によって、子どもの眼、子どもの感覚で捉えたままを主軸に描出されているため、読者自身の幼少期の追憶を喚起すること、二つには、特異な柳川語を含む詩をはじめ、多くの作品が豊かな音楽性を帯びていること、三つには、廃れゆく町でついに滅んだ生家の、富裕であった頃の白秋の幼少年期の思い出が多彩にいきいきと描かれている構図により、万物流転の世の哀しみといとおしさが読者の胸に沁むこと、などに因《よ》ろう。

人には失われたものを補おうとする力が働くようだ。白秋は、滅んだ生家でかつて過ごした二〇年近くを、背水の陣を敷いて文学的結晶と成し、『思ひ出』に再生させた、と言える。

3　「地鎮祭事件」余滴

二〇〇八（平成二〇）年の梅雨入り前、私は掃除のため、書庫に入った。そして、何気なく本棚の最下段の雑本を一冊ずつ手に取って見ていると、くすんだ濃紺の布張りの表紙で四六判の本が現れた。題字は剝げ落ちて分からないが、著者名に「池田林儀《しげのり》」とあり、あっと驚いた。

本の扉を見ると、「徳富健次郎」との題名で、再び驚いた。見返しには、「北原様林儀」と、覇気のこもる筆蹟で太々と墨書されている。

ここで、池田林儀について触れておきたい。

一九二〇（大正九）年五月二日、小田原の白秋居となる新築洋館の、地鎮祭の夜の宴席で、白秋の当時の妻章子と、白秋の次弟鐵雄、義弟山本鼎とが激しく口論した。お祭り騒ぎの「地鎮祭兼園遊会」の派手なやり方に、鐵雄と鼎が章子を咎め、これに章子が激しく反駁したのである。その直後、電灯が消え、暗闇の中で一座が乱闘状態に陥ったさなか、章子と共に忽然と姿を消したのが、総合雑誌「大観」（大隈重信主宰）の編集者・池田林儀であった。

その日から三週間後、白秋と章子は協議離婚に至り、この事件は「地鎮祭事件」と呼ばれている。

「事件」より遡るが、池田は一九一八年一一月から翌一九一九年七月までの六回にわたる、白秋の詩文章「雀の生活」の「大観」への連載に責任編集者として尽力した。これらは単行本『雀の生活』にまとめられ、一九二〇年二月、新潮社より刊行されている。

すなわち、池田林儀は『雀の生活』誕生のいわば「産婆役」を果たし、白秋から深く信頼され、感謝されていたのだが、刊行より三ヶ月後には、結果として白秋に煮え湯を呑ませる事態を招来したのである。

ところで、先述の池田林儀著『徳富健次郎』の奥書は次の通りである。

大正七（一九一八）年五月二十五日発行
大正七（一九一八）年六月二十日再版発行
発行人　野間清治
発行所　大日本雄弁会
定価　金壱円弐拾銭

本文の活字は一〇ポ、総頁三八〇頁、版元の大日本雄弁会は現、講談社である。

本書を手にした私に先ず思い浮かんだのは、白秋が池田と知りあった状況であった。二人がいつ、どこで、どのようにして知りあったか、これまでは全く分からなかった。

しかし、今回発見の池田著『徳富健次郎』の再版発行日が「雀の生活」の「大観」での連載開始四ヶ月前であり、本に署名もされていることから、池田は同年の夏か初秋の頃、創刊後間もない「大観」への寄稿依頼のため、自著を携えて、小田原町十字四丁目（通称、お花畑）に住む白秋を訪ねたのではないか、と推測された。

当時二五歳の池田は『徳富健次郎』の著者であり、しかもその著書は初版刊行後、一ヶ月も経たぬ内に再版されている。これは、池田が文士として社会的に認知されたことを示すものであり、池田自身、誇りに思っていたはずである。

さらに、題名の人物、徳富健次郎（筆名は徳富蘆花《ろか》。一八六八―一九二七）は、白秋の母しけの故里・熊本の出身で、白秋の尊敬する先進文学者であった。白秋より一七歳年長の蘆花は、すでに一九〇〇年には小説『不如帰《ほととぎす》』や随筆『自然と人生』などの著書により、作家としての名声を得ていた。

また、蘆花と、明治維新に功績のあったもと肥後藩士・横井小楠との縁――蘆花の母方の叔母・矢島つせは小楠夫人となり、蘆花は小楠の義理の甥――も、白秋の蘆花に対する敬意にこもっていたと推察される。

白秋の母方の祖父、熊本南関の石井業隆は横井小楠に私淑し、業隆の小楠に対する敬仰は、四人の息子（白秋の叔父たち）のみならず、幼少の頃、石井家に度々長期に亙って滞在した白秋（隆吉）にも伝わっていた。

なお、未確認だが、大正初期の蘆花の「日記」に、白秋が訪問するも「不面会」の記載があるという。蘆花の兄・徳富蘇峰は「国民新聞」の社主であった。

以上から、白秋が知りあったばかりの池田よりその著書『徳富健次郎』を献呈され、直ちに池田を信頼したことは容易に察せられる。そして、「大観」への寄稿連載の依頼を承諾し、一〇月初旬、生活費の節約のためもあったが、池田の期待に応えるべく、来客の多いお花畑の借家から山寺の伝肇寺の間借り暮らしに移り、溢れる意欲で「雀の生活」の執筆に取り組んだのである。

「大観」への連載が回を重ねるにつれ、「並はずれた俠気と理解とをその作物の上に持つて呉れた」（白秋作、小説「金魚経」）池田への、白秋と章子の信頼と親しみはますます深まっていった。

ところが、章子にあっては、四歳下のスポーツマンタイプで精力的な編集者の池田への信頼と親しみとが、次第に「恋心」に変質する成りゆきとなった。そして、章子のその「恋心」を察知した池田は、地鎮祭の夜、酒の酔いもあったろうが、宴席の座を立つ章子に寄り添い、共に出奔したのである。

「地鎮祭事件」のあと、白秋は公には沈黙を通した。当時の白秋書簡及び断簡にも、池田への非難や憎しみのことばは認められない。ただ、断簡の一つに、「池田も全く人間として文士として致命傷を負ひ」とはあるが。

ともあれ、白秋が生涯、池田の著書『徳富健次郎』を処分せずに保存していた事実は、事件の主因は池田を恋した章子にあると考え、池田を憎んではいなかった証《あかし》であろう。

4　白秋、菊子の婚礼祝い

数年前、拙宅にて義母菊子が毛筆で記した「婚礼祝ひものひかえ」なるものを発見した。白秋、菊子の結婚祝いに贈られた品名と贈り主の控えである。和紙四枚から成り、その一枚目には、「大正十（一九二一）年四月吉祥日／隆吉　菊子／婚礼祝ひもの／ひかえ」と書かれている。

私の知る菊子の文字は習字のお手本のような端正な書体だが、この控えの書体は初めて目にした時、別人の筆によるものかと思ったほど、異なって見えた。若かった菊子の（と言っても当時三二歳だが）抑えようもない喜びが初々しく、純朴でのびやかな穂先によく表れている感じがする。

白秋と菊子は一九二〇（大正九）年初秋、白秋と同じく小田原に住む美術評論家の河野桐谷と夫人（菊子の親友）の紹介で知り合い、翌一九二一年四月二八日に結婚した。貴金属品を取り扱う大分の老舗（屋号は奈良屋）が出自の菊子は初婚、白秋は三度目の結婚だが、白秋が挙式し披露宴を行ったのは初めてである。

さて、上述の「婚礼祝ひものひかえ」は、当時の白秋の交友関係や結婚祝いの風習を知る上で確かな資料と見なされるので、紹介しておきたい。

「ひかえ」は、お祝いの品目が、和紙一枚目の「東京の部」に一五名、三枚目四枚目の「小田原の部」に二三名、計三八名の贈り主の名前を付されて記されている。ここでは紙幅の都合上、主要な二二名を抽き書きする。［　］内は、人名などについての筆者の註である。

東京の部

一、御袴一　四海民蔵［歌人、出版社社主。当時発行していた歌誌「行人」に白秋が寄稿］

一、金紗兵児帯一　四海茅野［民蔵の妻か］

一、襦袢《じゆばん》紬《つむぎ》一　与謝野氏［与謝野寛］
一、高貴織一反　大阪　小林政春［大阪在住の実業家。与謝野夫妻の後援者で、後に与謝野家の縁戚となる。号は天眠］
一、色紙　野口九浦画　讀賣　加藤氏［讀賣新聞社の記者］
一、百参拾円　お道具代　アルス［白秋の次弟鐵雄が社主の出版社］
一、五円白米切手　大坪二郎［白秋の父方の従兄］
一、鰹節切手三越　拾円　久能木《くぬぎ》和吉［鐵雄の妻・三嵯子《みさこ》の実兄］
一、フライ皿六枚　フォーク六本　マカロニ数種　バター　チーズ　ソーセージ等品々　山本かなえ［白秋の妹家子の夫、画家、版画家の鼎］
一、拾円　三越鰹節切手　岩佐頼太郎［白秋門下の詩人。白秋が顧問の詩誌「詩篇」の責任者］

小田原の部

一、お茶椀盛十人前　お花畑　中井［一九一八年、白秋が小田原の通称「お花畑」

に住んだ頃の隣人で元讀賣新聞主筆の中井錦城」
一、お召一反　お富久作《ふくさ》　小栗［伝肇寺内白秋居の隣人で伝肇寺檀家総代の小栗貞雄」
一、末広一対　半紙二帖　金子拾円　倉橋連之輔［小田原の素封家で俳人」
一、鰹節拾円切手　足柄病院院長　岡田小三太　山田源吉［後に隆太郎の家庭医」
一、かぶとビール一ダース　大鯛一尾　阿部中学校長［小田原中学校校長の阿部宗孝」
一、金子二円　半紙二帖　炭屋《すみ》　梅澤
一、末広一対　半紙二帖　金五円　小田原銀行　小泉
一、末広一対　半紙二帖　金五円　小田原銀行　今井
一、末広一対　半紙二帖　金子三円　鳶《とび》西村［白秋と懇意の鳶職、西村荘太郎」
一、金子五円　間中院長［間中病院院長の間中直七郎」
一、金子五円　鈴木憲三［弁護士。白秋の伝肇寺内借地の保証人。白秋と先妻章子

の協議離婚の折も世話をしている」

一、生地羽二重一反　河野桐谷

以上の記録のお祝い品の中で約九〇年後の現代から観て意外なものは、半紙と鰹節切手であろう。（なお、当時の一円は現在の約五〇〇〇円に相当する。）

半紙は和紙で、現在は専ら習字紙として使われるが、戦前（一九四五年以前）までは、書簡用箋、外出時の懐紙、贈りものへの添えもの、頂きものへの返礼用などに重宝される家庭常備品であった。なお、半紙一帖は二〇枚である。

「鰹節切手」には笑いを誘われたが、阿川弘之著『食味風々録』（新潮社）を読んで納得した。同著によると、鰹節の傑出したうまみと「勝男武士《かつおぶし》」のめでたい語呂合わせとで、上等の本節は江戸時代（一六〇三―一八六七）から昭和の初め（一九二〇年代後半）まで、祝儀の際の進物品として使われていたという。実物の鰹節を包まない場合も、商品券としての「勝魚節《かつおぶし》切手」を贈ることもあり、「三越の鰹節切手」とは、三越の商品券を指し、わが国最古の商品券の発行元は、江戸の鰹節問屋、「イ（現在の株式会社にんべん）とのこと。

余談だが、拙宅には「鰹節削り器」があり、菊子の生前には高知から到来する本節をガリガリと削り、これと昆布とでだし汁をこしらえていたものである。

「婚礼祝ひものひかえ」に戻ると、「小田原の部」の贈り主に小田原銀行の二人がいるのは、白秋が一九二〇（大正九）年に洋館を新築する際、銀行から多額の資金を借り、その返済は約一五年に亙る月賦《げっぷ》払いで、銀行と付き合いがあったからである。

足柄病院、間中病院の二つの病院名があるのは、先妻章子が病身であったことや、前年（一九二〇年）五月二日の「地鎮祭」の夜の宴会で突発した乱闘によって負傷した鐵雄らが入院、治療を受けて世話になったことなどから交際があったのだろう。

親戚と文学関係者を除く贈り主の、隣人、病院長、校長、炭屋（燃料商）、銀行員、鳶職といった多様さにも特色がある。

これは、南国育ちの詩人、歌人白秋の、開放的で大らかな、明るい性格と共に、有縁の人には常に同じ地平に立って直心で接する詩魂を示すものであろう。

5　白秋・環翠楼《かんすいろう》・皇女和宮

二〇〇八（平成二〇）年夏、私は箱根塔ノ沢の老舗旅館・環翠楼に娘と一泊する小さな旅をした。その機縁を次に述べたい。

一九一九（大正八）年七月半ば、小田原伝肇寺境内に白秋の初めての持家、萱屋根に藁《わら》壁の通称「木兎《みみずく》の家」と方丈書斎とが多数の人々の喜捨によって完成する。同月二〇日、白秋は喜捨に協力した人々を自宅に招いて感謝を表し、夕方からは塔ノ沢の環翠楼にて「木兎の家落成記念詩話会」を催し、福田正夫、川路柳虹、佐藤惣之助、日夏耿之介ら約三〇名の詩人たちとの大歓談の一両日を過ごした。

その環翠楼が今も現役で健在、と新聞で知り、早速に予約、出立となったのである。

八月上旬のその日は好天で、一層心弾み、大船駅で東海道線に乗車、小田原で乗り換えて箱根湯本へ、湯本からは箱根登山電車に乗って塔ノ沢にて下車。タクシーですぐに着いた環翠楼は和風木造四階建て、築九〇年の古色ながら格調高い威容を誇っていた。予約の部屋は一階で庭に面し、庭の先には早川がしぶきをあげて流れ、川の向うには箱根の山々が迫り、まことに閑静境であった。

すっかり寛いで、卓上の宿の栞に目を通す内、この環翠楼には一八七七年、皇女和宮（一八四六―一八七七）が病気療養に滞在していたことが分かり、驚いた。その年（二〇〇八年）にはＮＨＫテレビで大河ドラマ「篤姫」が放映中であり、幕末の重要人物・和宮への関心も自ずと高まっていたのである。

周知の通り、仁孝天皇の皇女で孝明天皇の妹の和宮は、有栖川宮熾仁《たるひと》親王という婚約者がいながら、朝廷と幕府との融和を計る「公武合体論」の建策によって婚約破棄を強いられ、一八六二年、一六歳の時に江戸へ下り、同年齢の第一四代将軍・家茂の正室となった。

だが、家茂は長州戦争中の一八六六年七月、本営の大坂城にて病没、二人の夫婦としての歳月はわずか四年、正味二年半で終った。

家茂没後、和宮は落飾《らくしょく》して静寛院と名のり、江戸城にとどまって、王政復古の際には姑の篤姫と共に、徳川慶喜の家名存続や無血の江戸城明け渡しなどに力を尽くした。

ところで、環翠楼と和宮との縁を知った私の脳裡に、白秋が和宮の奉讃歌を作っていたことが突如浮かんだ。歌詞を掲げてみよう。

讃へまつれよ、和宮
静寛院宮奉讃唱歌

1
讃《たた》へまつれよ、和宮《かずのみや》、
国《くに》の為《ため》には荒草《あらくさ》の、
露《つゆ》と消《き》ゆとも惜《を》しまじと、

ああ、東路《あずまぢ》へ、姫《ひめ》の輿《こし》。

2

讃《たた》へまつれよ、和宮《かずのみや》、
脊《せ》にはつかへて、刈薦《かりごも》の、
乱《みだ》れににほふ菊《きく》の香《か》や、
ああ、日《ひ》の本《もと》の、妹《いも》の道《みち》。

3

讃《たた》へまつれよ、和宮《かずのみや》、
誰《たれ》か支《さゝ》へむ三つ葵《あふひ》、
民よあはれと、いとせめて、
ああ、身《み》ひとつを、尼《あま》の宮。

4

讃《たた》へまつれよ、和宮《かずのみや》、

清《きよ》くみじかきみ命《いのち》の、
光《ひかり》は悲《かな》し、雲《くも》のうへ、
ああ、嶺《みね》の月《つき》、二日月《ふつかづき》。

（『青年日本の歌』、一九三一年三月、立命館出版部。作曲は本居長世）

歌詞は一九二五（大正一四）年九月の作で、その末尾に「静寛院奉讃会の為に作る。静寛院は和宮または二日様とも申し上げる」との註がある。

歌詞の第一連には、「国家主義」に結びつく恐れも含まれるが、全体には国の内乱を避けるために一身を投げうって三一年の波瀾の生涯を辿った和宮への深い同情、憐憫、讃嘆が漂っている。

白秋は遅くとも一九一九年七月に環翠楼に宿泊した際、和宮が療養のために同楼（前身は元湯《もとゆ》）に滞在してその短い生涯を終えたことを知ったに違いない。その地縁も、和宮への親近感を抱かせていたのではなかろうか。

また、白秋が幼少年期に度々長期に亙って逗留した母の里の肥後南関は、一八七七年の西南戦争の折、和宮のもと婚約者・有栖川宮熾仁親王が総督の官軍の本営地であり、その史実を少年白秋は祖父・石井業隆から聞いていた可能性もある。

なお、最近、「旧制富山高校（夫隆太郎の母校）関東同窓会会報」六六号（二〇〇九年五月）にて、蜷川壽恵氏の玉稿「武部敏夫先輩を偲んで――『皇女和宮』覚え三題」を拝読し、和宮に関する二つの事実を知り得た。武部氏は皇史編纂を手がけた史学者で、『皇女和宮』の著者でもある。

一つは、一九五五（昭和三〇）年頃、増上寺の徳川家墓群改葬の際、和宮の柩には写真機で写した乾板と覚しきガラス板が両手で挟まれた形で発見されたが、それは和宮が常に身近に飾っていた将軍家茂の遺影の乾板で、和宮の遺志により柩の中に納めたものと推測されること。

もう一つは、家茂が長州戦争に出陣中、和宮への京土産として用意した西陣織の衣が、家茂の急死後にその柩と共に江戸城に届くと、仏門に入った和宮は西陣織の

衣を七条袈裟に仕立て直し、

空蟬《うつせみ》の唐織ごろもなにかせむ綾も錦も君ありてこそ

との歌を詠んでいたこと。

この一首によっても、和宮の歌道のたしなみの深さは無論、家茂との情愛の濃さ、その哀切さが自ずと偲ばれる。

6　白秋の息ぬき

夫隆太郎がまだ元気であった一九九〇年代のある日の雑談で、「親爺（白秋）は夜眠る前に大衆小説を読んでいたことがあった」と、少しはにかんだ微笑を浮かべて言った。

白秋と大衆小説の結びつきは、私には意外で、ちょっと驚き、「そうでしたか」と答えたのみで、その話は終った。

彼がはにかんだ表情を見せたのは、彼は太平洋戦争中、学徒出陣にて送られた中国大陸で、幾度も極限状況に直面した戦場体験者であり、戦後は哲学を学びつつ禅修行に打ちこみ、大衆小説とは無縁に生きてきたからであろう。

彼の没後、私は、白秋が就眠前に愛読した大衆小説の題名を訊かなかったのを悔やんでいたのだが、つい最近、白秋が二冊の大衆小説を賞讃した草稿（新聞記者による白秋の口述筆記で、題は「この頃の感想」）を拙宅にて発見した。未発表草稿であり、その一部を次に掲げよう。

新興文学の力ある理由は、必ずさうなる原因があり、近代の風景の中に於て興るべき新しきものがあると思ふゆゑに、私はつつましく見護つてゐた。大衆物の中で私が真実に感嘆したのは、中里介山氏の「大菩薩峠」であつた。これは素晴らしく偉大なるコンポジシヨンに立脚した作者の人格と作風と、淡々たる筆致を以て、芸道の真の楽しみを楽しみとしつつあるものと思ふ。

それに次いで私の感服したのは、大佛次郎氏の「赤穂浪士」である。あの人はむしろ、コンポジシヨンの山を考へるよりも、静かな落着いた表現を以て、やはり淡々と何でもないやうに毎日書きつづけてゐた。あの人の態度は実にいい。それからあの人は、大局に目を注いで新しい近代の感覚と見識とを以て立派に時代としての元禄を批判して退けた。あれ程滞りなく、無為の筆致を以て書き続けた人は少ないやうに思ふ。

口述筆記は未完のため、未発表となったのである。

文中の介山作「大菩薩峠」は一九一三（大正二）年に起稿、一九四一（昭和一六）年まで書き継がれ、新聞、雑誌、書き下ろしの単行本などに断続的に発表された未完の大作である。その中の「Ocean の巻」は、一九二八（昭和三）年七月から同年九月まで「東京日日新聞」に連載されて完結している。

一方、大佛作「赤穂浪士」は同紙に一九二七年五月から連載が始まり、翌一九二八年一一月に完結している。

以上の事実を照合すると、先掲の口述筆記が行われたのは、一九二八年秋頃と推定される。

介山は白秋と同年の一八八五（明治一八）年生まれ、大佛は白秋より一二歳下の一八九七年生まれで、ここでは白秋と介山について述べておきたい。

両者の直接の関わりを示す文献資料は目下のところ見出せないが、二人には次のような共通項が認められる。

介山は一〇代、白秋は二〇代末から三〇代半ばにかけて、各々、貧窮生活を送っていること、壮年期に仏教思想に親しみ、その影響を受けていること、生涯に幾つもの雑誌を創刊していること、児童教育に深い関心を抱き、その実践をしていること――介山は「敬天、愛人、克己」の標語を掲げて日曜学校を開き、白秋は鈴木三重吉創刊の雑誌「赤い鳥」や、山本鼎らと共に創刊した「芸術自由教育」などを通して新作童謡を発表しつつ、児童に自由詩の創作を奨励、その振興に力を注いでいる――などが挙げられる。

ところで、介山は聖徳太子の生涯を柱とする小説「夢殿」を雑誌「改造」の一九二七年二月から九月まで連載している。白秋も「改造」とは関係が濃く、同年四月には同誌に長文の児童教育論、「幼児と環境」を寄稿しており、介山の連載小説「夢殿」を読んでいたはずである。

白秋は一九三〇（昭和五）年四月、四〇余日の満蒙の旅からの帰途、神戸港に出迎えた妻子と共に法隆寺を訪ねて、

菫咲く春は夢殿日おもてを石段《いしきだ》の目に乾く埴土《はにつち》

などの「法隆寺」と題する七首を詠んでいる。そして、一九三九年一一月、すでに眼疾を負う身であったが、上掲の歌などを収めた羇旅《きりよ》歌集『夢殿』（八雲書林）を刊行している。白秋の法隆寺への関心や、歌集の題名の選択には、介山の「改造」連載の小説「夢殿」を読んだ影響もあったように思われる。

7　白秋の「多磨」創刊の真意

白秋五〇歳の一九三五（昭和一〇）年六月の歌誌「多磨」創刊は、その生涯最大の「事業」であった。

白秋のこの事業の決意を聞いて、多年の親友で音楽家の山田耕筰（一九三四年以降、「耕筰」と表記）は強く反対した。白秋が詩を創る時間を「多磨」に奪われてしまう、と深く憂慮してのことである。また、白秋の父長太郎も、白秋の過労を案じて「「多磨」は止めよ」と言っていたという。

そのような身近で大切な人々の反対をものともせず、糖尿病、腎臓病、眼疾の重い病を抱えても、白秋は「多磨」の事業に五七年九ヶ月の寿命が尽きるまで邁進した。それは白秋が、自らの精神を真の直系に伝えんとする強固な意志と信念と使命感とによって、「多磨」に身命を賭けていたからである。

ところで、「多磨」創刊の直接の契機は、白秋が顧問であった「香蘭」（一九二三年三月、村野次郎創刊）との関係清算である。清算した原因は、当時、白秋と村野及びその周辺との精神的交流が無きに等しい状態であったにもかかわらず、「顧問」という立場上、社会に対してはその名儀の責任を負わねばならない迷惑を、白秋が蒙っていたことである。

たとえば、一九三二年春から続けて生じた香蘭会員の不祥事——杉浦翠子《すいこ》のアララギ攻撃の私小説の梗概を「香蘭」に掲載したことをはじめ、「短歌民族」廃刊の一因となった同誌三号に対する「懈怠」、「香蘭」と「短歌新聞」との諍いなどが挙げられる。

こうした不祥事によって、白秋は対外的に自らが謗られるのを懸念し、その旗幟《きし》を鮮明に立てる必要を痛感し、一九三四年九月、「香蘭」に顧問辞退を告げ、以後は真の直系の後進育成のため、新雑誌創刊を模索してゆく。

このような経緯は、同年一二月二七日付の長文の「木俣修宛白秋書簡」や、翌一九三五年六月の「多磨」創刊号の白秋筆「香蘭の件」にかなり述べられているが、最近、拙宅にて「多磨」創刊間近の一九三五年三月一三日付、「芥子澤新之介宛白秋書簡」の複写を見出した。芥子澤は札幌在住の香蘭会員で、小歌誌「吾が嶺」を刊行していた。複写は書簡所有者の方が一九七三（昭和四八）年、隆太郎に恵送された未発表の貴重な資料でもあり、次に掲げておく。

啓上　再三御手紙いたゞき御壮健の由何よりの事と存上候

吾が嶺拝見折角御精進下度候　香蘭の事はさびしく存居候　頼むべくもなし真実者のみ畢竟《ひっきょう》は道を得るものかと上存候　この五月アルスより新雑誌〝多磨〟創刊に決し候ゆゑ御ふくみ置下度　右は此の精神と歌風とを開題する上に於て決意いたし居候　香蘭との成行は致方も無きことと上存候　香蘭幹部の参加はその体の崩壊の因ともなり当方にても旗色の鮮明を欠くことになりおもしろからず当分の自重と謹慎とを求度存候へども未来ある二三子は直接に引取り今後の事を

期度存居候　君にも正しく善処され度　その意は十分に負ひ可申候　殉じて香蘭を脱したる木俣島内永石等は直門の啓蒙雑誌をも改めて刊行する由　それもよろしかるべしと存居候

真実に二途なし　熱情と気迫とを以て此の道に精進し得る者のみよく師友たり得べく、その他は遊閑の戯也　また不信の業也

〝多磨〟のことは短歌新聞、研究、日本短歌等に広告いたし置候につき御覧下度候　吾が嶺の諸君にもよろしく御伝へ下度候

艸々

十三日

北原白秋

芥子澤新之介様

当書簡の封筒は無いが、これに対する芥子澤の返信、一九三五年三月一九日付「白秋宛書簡」が残っており、上掲の書簡は三月一三日付と判明した。

上掲の書簡によっても、対社会的に白秋の精神、歌風を鮮明に表すため、香蘭とは訣別したこと、当時の白秋が村野及びその周辺者を「熱情と気迫とを以て此の道に精進し得る者」とは見ていなかったことが明らかである。ただ、「香蘭幹部の参加はその体の崩壊の因ともなり」の言には、香蘭の存続は願っている気持が窺える。すなわちその頃の白秋は、不祥事の続くような香蘭が、自ら信ずる歌の道の同行者ではない、と見きわめ、香蘭との関係を清算したのである。

現代歌人や作家の中には、白秋が心変わりをして香蘭を去ったように曲解し、書いている人もいるが、史実をよく調べるべきである。

たとえば、三木卓著『北原白秋』（筑摩書房）では、「多磨」創刊の動機を、「香蘭の反逆」に白秋が立腹したため、という驚くべき妄言《ぼうげん》を弄している。三木氏は、先述の「木俣修宛白秋書簡」の、「白秋の銅像が彼（村野）には大切で、本物にはさして用は無いもののやうである」といった箇所を引用した後、台頭してきた若手が自立したいという気持を持つようになったとき、派の主宰をもって任じるものは、傲慢な裏切りを働かれたと思う。これは結社などではよく起こりそうな事態であるが、私信であるとはいえ、白秋は感情丸出しである。

と続け、あたかも白秋が「台頭してきた」村野の「自立したいという気持」を「裏切り」と思って怒り、「傲慢な村野に自らの力を知らしめてやろう」（三木著『北原白秋』）と「多磨」を創刊したかのように、全く見当違いの、低次元の、白秋を戯画化した勝手な解釈を書いている。

第一、白秋は「香蘭」の主宰ではない。その創刊について、白秋は何ら相談に与《あずか》ってはいない。創刊二ヶ月後に村野が小田原の白秋居を訪ね、「香蘭」への支援を請い、白秋は承諾したのである（「香蘭」に白秋作「梅雨の山寺」一一首が初めて載ったのは、創刊四ヶ月後の同誌七月号である）。従って、白秋は「香蘭」の初期に表紙の題字や表紙絵を書いたり、ごく短期間は選歌もしたが、通常、「香蘭」の編集には関わらず、時に歌や短文を寄稿する、といった、おおむね受動的立場の「顧問」であった。

白秋と香蘭との関わりについて、三木氏の錯誤を基に面白おかしく書いた叙述は、白秋の人格を不当に傷つけるものであり、「評伝」にあってはならないことである。

8　一九三九年一月の「山本良吉事件」

私が「教育者・山本良吉」という名まえをはっきりと知ったのは、一九六八（昭和四三）年夏である。

当時、大学院生であった私は、専攻の仏文学とは関係のない、禅哲学者・久松真一先生の「年譜」の作成に励んでいた――取材のため、京都市上京区室町の久松先生宅を足繁くお訪ねしてはお話を直接お伺いしたり、資料を頂いたりしていた。そうしたある日、先生のお話から、一九一七（大正六）年の先生二八歳の時の次のような事実をじかに知ることができた。

その年（一九一七年）、西田幾多郎、山本良吉の口添えで京都府立第三中学校に就職。修身と英語を担当。当時刊行されていた修身教科書のすべてを検討し、山本、西田共著の修身書の周密さに感銘した。

このお話の折、久松先生の恩師・西田幾多郎と山本良吉、鈴木大拙の三人は、郷国（石川県）を同じくする、第四高等中学校（後の旧制四高）以来の終生の親友同士ということもお聞きした。

鈴木大拙については幾らか知識もあり、親しみも覚えていたが、山本良吉の名は初めて耳にしたので、にわかに関心が芽生え、下宿に帰って、つんどく本に等しい『西田幾多郎全集』全19巻（岩波書店）の、随筆、日記、書簡の巻を新たに拾い読みしてみた。そして、日記には、「山本より手紙が来た」、「山本へ手紙を出す」といった記述が頻繁にあり、書簡では、山本宛のものがぬきん出て多いことも分かった。

また、武蔵《むさし》高校（註、一九二二年四月、根津嘉一郎が開設した七年制の私立高校。山本は初代教頭、第三代校長。東大への進学率は全国一を誇り、西田の孫も同校に学んでいる）の現職校長であった山本が一九四二（昭和一七）年七月一二日に急死した時、七三歳の西田が受けた衝撃の深さは、翌日の日記に「山本良吉君、昨夜狭心症にて死去の電報来る。多年の親友、胸迫り、云ふ所を知らず」と記していることでも十分に察せられた。

ところが、一九七一（昭和四六）年春、北原隆太郎と結婚して間もなく、彼から次に述べるような「山本良吉事件」とでもいうべきものを聞き、驚いたのである。

一九三九年一月八日、明星学園中学部五年生の隆太郎は、都内の武蔵高校の受験に行った。一年半ほど前より眼を病んでいた父白秋も母菊子と共に彼に同行した。面接の試験官は校長の山本であった。そして、その山本が隆太郎に対し、「君のお父さんはヘンな民謡を作って社会に害毒を流している」と言ったのである。敬愛している父白秋を、憧れて受験した高校の校長自身から思いがけなくも非難され、衝撃を受けた彼は、面接が終ると控室で待っていた両親に、山本の言葉をありのままに告げた。白秋は激怒し、「新聞に投書する！」と言い放った。

しかし、周辺の者たちが懸命に白秋を宥《なだ》めて、新聞への投書は思いとどまらせた。一月一一日の合格発表は、当時の秘書の宮柊二が武蔵高校に見に行った。案の定、掲示板の合格者名に隆太郎の名前は無かった。


以上が「事件」の概要である。

ところで、先日、探しものをしていた時、全く偶然にも、一九三九年一月一六日付の「白秋・菊子宛木俣修書簡」（封筒欠）を発見した。それは、隆太郎からの手紙で旧制富山高校受験の決意を知った当時富山高校教諭の木俣が、彼に願書一式を送った直後、菊子から「事件」のいきさつを記した手紙を受け取り、その夜に認めた便箋九枚の返信であり、大部分は受験に関しての懇切な助言だが、冒頭部の「事件」に言及した箇所のみを次に引用させて頂く。

……本日御奥様のこまごまとお認め下さいました御手紙拝読いたしました。拝読中小生も全く彼の山本某の言葉に対して激怒いたさずにはをられませんでした。教育者しかも高等学校の校長としてあるまじき暴言です。（略）わざわざ御病中、しかも寒気きびしき中を御出向きになつた先生、御奥様の御心中さぞかしと、小生といたしましても悲憤に堪えないところでございます。考へ方によれば山本某の暴言は大問題と思はれます。試験官はその徳義としてよその子弟に対して出来るだけ紳士的にのぞまなければならないといふ事を立前として考へてゐる私共から見て聞きすてならない事件です。公器によつて堂々攻撃してやりたいとすら考へてゐます。しかしそんなやうな人間の校長たる学校に隆太郎様が合格なさらなくて却つて幸でありました。（略）朝お手紙を拝見して出校し一日授業をしてゐましたがこのことばかりが頭をはなれず不愉快でたまりませんでした。しかしそんなものには縁はないのだと思ひ、きれいさつぱり忘れることにいたしました。先生はじめ皆様ももう忘れていただき度いと存じます。

山本の場違いな非難の言に憤懣やるかたない白秋の胸中を同感を以て思いやり、教育者の立場から痛烈に山本を批判した上で、気持の鮮やかな切り換えを示唆するこの玉章は、傷心の白秋一家の心に深く沁みたであろう。

その後、隆太郎は三月に富山高校を受験し、無事に合格した。そして、木俣修、しま子夫妻に何かと世話になり、青春を謳歌し、西田哲学に出会って傾倒してゆく幸せな三ヶ年を送った。その西田の著書『日本文化の問題』を、富高卒業二年後、京都帝大在学中の一九四四年、学徒出陣によって送られた中国の過酷な戦場で、寸暇を見出してはくり返しぼろぼろになるまで読み、彼は最も励まされ続けたのであった。

山本良吉と西田幾多郎、この両者から隆太郎が受けた屈辱と策励《さくれい》、暗影と光明に、人生の底知れぬ不可思議さを想う。

9　白秋の「利休居士」の歌

白秋が生前の最後に刊行した歌集『黒檜《くろひ》』（一九四〇年八月、八雲書林）には、千利休を詠む次のような一首がある。

利休居士

三百五十年遠忌によせて、その墓所、京の聚光院《じゆこういん》へ贈れる懐紙の歌一首

茶をわびと和敬《わきよう》きよらに常ありてそのおのづから坐《すわ》りたまひき

聚光院とは、京都紫野の臨済宗大徳寺山内の塔頭《たつちゆう》（禅院における山内の小院）で、千利休の墓所のある格式高い寺院として知られている。上掲の一首は、わび茶道の完成者・千利休（一五二二―一五九一）への白秋の深い敬仰が清々しく表れた平易

な歌であるが、以下、この歌の生まれた背景を探索してみよう。

一、利休への関心

白秋が千利休に関心を抱くようになったのは、一九一三（大正二）年五月、二八歳の時に一家を挙げて東京から三浦三崎に転居した後、同年九月、妻俊子と共に同地の臨済宗紫陽山見桃寺《けんとうじ》に仮寓した頃と推察される（前年夏、白秋は俊子との「不幸な恋愛事件」に遭遇、懊悩の日々を送るが、やがて俊子と再会し、結婚。破産の二年後、柳川から上京していた両親、弟妹らも共に三崎へ移った）。

この地での九ヶ月の田園生活で、白秋は、貧しくはあったが、豊かな自然に親しみ、仏典や古典を耽読し、「初めて心霊が甦り、新生是より創まつた」（「雲母集余言」、『雲母集』）一大転回を成しえたのである。

三崎での千利休への関心の萌芽は、同一九一三年一一月発表の歌謡「城ケ島の雨」における「利休鼠」という語や、三崎時代の作品『真珠抄』（一九一四年九月）

の短唱「秋日小韻」中、「ふけゆくものは茶の利休ほのかに座るわがこころ」に認められる。後者には、白秋が千利休その人に心惹かれていることも看取される。

おそらく白秋は、三崎での、旧知の漢学者で臨済禅を修行した公田連太郎との交流や仮寓先の臨済宗寺院の見桃寺において、利休に関する話を聴き、わび茶道に触れる機会もあったのではなかろうか。利休のわび茶道は臨済宗寺院にて継承されてきた史実があるからである。

他方、白秋が芭蕉の『奥の細道』を熟読したのは、一九一四、五年頃と、資料（「奥の細道を読みて」、『白秋全集』別巻）により推測される。以来、白秋が芭蕉から少なからぬ影響を受けてきたことは、一九二〇年一月発表の小説「よぼよぼ巡礼」の次の文でも明らかである。

つくづく慕はしいのは芭蕉である。光悦である。北斎である。利休である。遠州である。また武芸神宮本玄心《ママ》である。

私もどうかしてあそこまで行きたい。

これは芭蕉の『笈《おひ》の小文』の、「西行の和歌における、宗祇の連歌における、雪舟の絵における、利休が茶における、其貫通する物は一なり」の、白秋流言い換えとも言えるが、一九二一(大正一〇)年八月刊の歌集『雀の卵』の「大序」にも再録し、その思いの切実さが窺われる。また、芭蕉の挙げるその道の達人の名前と白秋のそれとに利休が共通するのは、白秋の利休に対するとりわけ大きな関心を示すものであろう。

白秋が『奥の細道』を読んだ一九一四、五年以降は、芭蕉への敬慕を核として閑寂境を拓《ひら》き、東洋枯淡、幽玄の伝統的な美を近代芸術家の眼で見つめた時期であり、歌集『雀の卵』、詩集『水墨集』(一九二三年六月)を世に出している。後者には「千利休」と題する二連の詩があるが、ここでは二連目のみ引用する。

象《すがた》を幽かに保つことは
心を幽かに澄ますことだ。
それゆゑ利休は坐《すわ》つてゐた、
茶室の薄陽《うすび》に微笑んでゐた。

先掲の短唱「秋日小韻」の「座る」と、「千利休」の「坐つて」の同じ語に注目したい。「小座敷ノ茶ノ湯ハ、第一、仏法ヲ以テ修行得道スル事也」（利休語録、『南方録』）を旨とする利休のわび茶道を、白秋がどこまで理解していたかは定かでないが、少なくとも利休が坐禅の修行によって澄心し、その道を窮めたことは把握していたと思われる。

二、聚光院住職・中村戒仙の「白秋宛書簡」

私は冒頭に掲げた白秋の「利休居士」の歌に、二度目の妻・江口章子が何らか関わっていた可能性があることを、一九七三年六月刊の藪田義雄著『評伝北原白秋』にて初めて知った（章子は一九三〇年一〇月に中村戒仙と正式に結婚し、一九三八年一二月に離婚している）。

次に、一九八四年四月刊の瀬戸内晴美著『ここ過ぎて』に掲載の、一九三九年九月二五日付「戒仙宛章子書簡」によって、聚光院からの白秋への作歌依頼に章子の関与があったことを確認できた。次にその「書簡」を転写しよう。

西村氏の手紙に対する妙章（註、一九三八年以降の章子の法名）の意見

一、白秋氏の作歌にはあらゆるものがふくまれてゐますから他の方にはお願いせずとも良ろしいと考へ候

一、宮城道雄氏への箏曲誠に結構

一、白秋氏は詩も歌もゆける方ですから此際両方お願して戴きたいと存じ候

一、大徳寺としてはどうも近衛秀麿氏の作曲は必要でございますから（近衛家は

大徳寺の只一軒の檀家でございますから）
一、これだけの事を申し上げれば白秋氏はきつとおわかりになられる事と存じ候
一、今日の白秋先生が再び唄にも詩にも一層はつきり只一人の利休居士のために箏曲の部も洋曲の部も統べての芸術家をたつた一人で背おつていただける様に私は信じます
一、その他の事は後便にて御相談致す事

当書簡の発信地は不明だが、多分、中村戒仙が住職を兼務し、数年前から章子が病気療養のため度々滞在していた岐阜県可児《かに》郡御嵩《みたけ》の吉祥寺であろう。（西村氏についでは後述する）。

書簡で章子は、宮城の箏曲、近衛の洋曲のいずれの作詞をも白秋に依頼するよう強く勧めている。ここには一九三八年末に正式に離婚した戒仙からその後も援助を受け、岐阜の山寺に療養中の章子の、「白秋の先妻」という経歴を誇る存在感の顕

示が感じられる。
ところで、私は数年前に、次のような一九三九年九月一七日付の「白秋宛中村戒仙書簡」を拙宅にて発見した。

謹上

北原先生　貴下に於れましては御清安の段賀し奉り候
兼々より鳳名は承知申し升も未だ面会の期無く残念に存じ居り候処　今日図ずも
西村氏御光来下されたるを幸に　当院施主千利休居士三百五十年忌明の年相当に
付きて　先生の作家《ママ》を以て紀念《ママ》法要致し度いと思ひし際なれば　其事を西村氏に
願ひましたから　御高作を頂き度く願ひ上げ升　右　以上頓首

聚光院住職　中村戒仙

九月十七日

二伸　尚又　作曲の方は近衛秀麿氏に御願致し度き考にて御座居ます　御了知

下され度く　　　　　　　　　　　　　草々　再拝

書簡は二枚の奉書の一枚に手紙文を筆で書いて折り合わせ、それをもう一枚の奉書で包み、表の中央に大きく「北原先生」と記し、その左下にやや小さく「貴下」、右下に「托西村氏」、裏には「聚光院　中村戒仙」と認めている。いかにも禅僧らしい雄渾な筆づかいではある。

文中の「西村氏」とは、元、日本橋の東雲堂書店の主、西村陽吉を指す。陽吉は一九一一年から数年間、白秋の第二詩集『思ひ出』、白秋主宰の雑誌「朱欒」、第一歌集『桐の花』、第三詩集『東京景物詩及其他』などの刊行を手がけ、かつては昵懇の間柄であった。

陽吉がどのような縁で戒仙と懇意なのかは詳かでないが、章子は一九二〇年五月の白秋との離婚後も陽吉と時折文通はしていたようである。

この書簡では、戒仙が時の権力者・近衛文麿の弟・近衛秀麿の作曲を前提に作歌を依頼していることに留意しておきたい。

重い役目を託されて帰京した陽吉は、早速に世田谷区成城の白秋居を訪ねたと思われる。

三、白秋の対応

白秋と面会した陽吉は、戒仙の書状を手渡す際、章子が目下は病のため岐阜の吉祥寺で療養中との近況も伝えたに違いない。前後するが、聚光院の戒仙は陽吉に、前年末に章子と離婚したことは話さなかったのではなかろうか。二年前の一九三七年一〇月、脳出血をおこして半身不随となっている章子を離別したことに、戒仙は仏門にある者として後めたさを覚えていたはずである。従って、陽吉も、もちろん白秋も、章子は依然として戒仙の妻、と思っていたのではないか。

では、戒仙の書状を、白秋はどのように受け止め、どう対処したのか。

瀬戸内著『ここ過ぎて』では、著者は先掲の「戒仙宛章子書簡」の引用後に、

「白秋にどんな感慨があって戒仙の需《もと》めに応じたかは何の資料も残されていないので不明である」と書いているが、次のごとき白秋の随筆（岩波書店版『白秋全集』第23巻）が厳然として残されているのである。

利休居士

茶をわびと和敬《わきよう》きよらに常ありてそのおのづから坐《すわ》りたまひき

利休居士三百五十年の遠忌に、その墓所は京都の聚光院へ贈つたのがこの一首である。大懐紙一葉、それに袱紗《ふくさ》用のものを画仙紙に認めたのを添へた。

この四月二十一日がちやうどその日にあたる。その道の大宗匠のこととて、かうした歌を認める私も幽かに我と坐らねばならなかつた。

はじめは歌謡をといふ所望で、今風の曲を附したいとあつたが、さうした世俗の好みに応じて、かの和敬清寂を専らにした道の人を瀆《けが》すことはよしないわざくれである。

道こそちがへ、芭蕉の所謂《いわゆる》、貫通するところは一つであるからである。（中略）

いま、庭の白木蓮は、私のおぼつかない視力にも、月夜のそれのやうに匂ひ澄んでゐる。

（一九四〇年四月、「季節」）

これは、白秋の胸中を表す重要な一文である。「利休居士」の歌は一九四〇年三月に制作、と同年四月号の「多磨」の「雑纂」に記されている。つまり白秋は、前年九月二〇日頃に戒仙からの依頼を受け、半年後の三月、利休三五〇年御忌法要が営まれる四月二一日の一ヶ月ほど前に、ようやく短歌一首を詠み、大懐紙と画仙紙に染筆して、聚光院へ送ったのである。

画仙紙の染筆は法要の引出物の袱紗に写すためと推測されるが、三月という月は、戒仙との約束期限のぎりぎりの間際であったろう。

このことには白秋が、歌誌「多磨」の主宰としての責務、「綴り方倶楽部」の児童自由詩の選、その他の山成す依頼の仕事を背負い、一九三七年秋からは眼疾の身であった事情に因《よ》ろうが、私はそれら以外にも、戒仙からの依頼に対する白秋の「不快感」があったため、と確信する。

なぜなら、第一に、戒仙からの依頼に「戒仙の妻」たる章子が絡んでいるのは、白秋には自明であり、章子のさしがねで戒仙が依頼してきた、と受け取ったであろう。かつて白秋の妻であり、白秋を裏切って去った章子が、今は「聚光院住職の妻」となって、千利休御忌法要の記念の歌を、と夫の住職をして依頼せしめるやり方に、白秋は愚弄されているように感じたかもしれない。

第二に、近衛秀麿の作曲を付して歌われる歌謡を、という条件付きの依頼の内容である。

白秋文学に通じている者ならば、白秋が利休を深く敬仰していることや自らの創作では、詩と短歌を第一義、歌謡は第二義の仕事と見なしていることも分かっていよう。それらを抜きにしても、静寂を尊ぶ茶聖・千利休の御忌法要記念に歌謡を、と望む戒仙の不見識に、白秋は顰蹙《ひんしゅく》したに違いない。

以上のような白秋の「不快感」は、先掲の随筆「利休居士」の、「さうした世俗の好みに応じて、かの和敬清寂を専らにした道の人を瀆《けが》すことはよしないわざくれである」との批判の痛烈さに滲み出ている。

だが、白秋は戒仙の依頼を断らず、短歌一首で応えた。それは、かつての妻章子が現に戒仙の世話になっていることを思い、また、自らが利休を篤く敬い、「其貫通する物は一」つにつながる芸術家としての自恃《じじ》に拠《よ》ろう。

終りに、随筆「利休居士」の、「かうした歌を認める私も幽かに我と坐らねばならなかつた」について、一言しておきたい。

白秋長男・隆太郎によると、白秋は執筆中、和机を使っている場合も洋机の場合も、常に正座をしていたそうだ（洋机には正座できる特製の大型椅子を誂えて使っていた）。

従って、「坐らねばならなかつた」とは、歌作に際して坐禅と同じように、無我の境地に到るべく、すなわち澄心のために、特に正座をした、という意味である。そうして、白秋は一切の雑念を截断《せつだん》し、心澄ませて短歌一首を詠み、染筆して責を果たした。その境涯は、随筆「利休居士」の末尾の、「匂ひ澄んでゐる」庭の白木蓮に象徴されていると言えよう。

澄心して、三昧境において創作すること、これが、一大転回を来たした三崎時代以後の白秋の、生涯を貫く芸術上の根本的な姿勢であった。

10　二天・宮本武蔵の薫化

いつだったか、隆太郎から聞いた話である。

彼が中学生から高校生になった一九三八、九（昭和一三、四）年頃、当時「朝日新聞」に連載されていた吉川英治作「宮本武蔵」を「読む」のを眼疾の父白秋が楽しみにしており、父に請われて、たびたび読んであげたとのことである。

白秋は、その全著作の中で、二天・宮本武蔵（玄信）には四度、言及している。

その初めは、一九二〇（大正九）年一月、雑誌「改造」に発表した小説「よぼよぼ巡礼」において見出せる――白秋自身がモデルの主人公・素春は敬慕する先人として、松尾芭蕉、本阿弥光悦、葛飾北斎、千利休、小堀遠州、そして「武芸神宮本玄信」を挙げている。

この箇所を、足かけ八年の歳月をかけて刊行に至った第三歌集『雀の卵』（一九二一年八月、アルス）の「大序」にも、ほぼそのままの形で引用しているのは、そうした先人への敬慕の念が当時の白秋の「精神的支柱」でもあったからであろう。

さらに、一九三七（昭和一二）年秋、死去する五年前のことだが、糖尿病、腎臓病による眼底出血が生じて薄明の暮らしに入った折の境涯を述べた随筆「薄明に坐す」（一九三八年三月、「讀賣新聞」）には、次のように武蔵に触れている。

よく剣禅一味といふ。詩（歌）も亦同じ。尠《すくな》くともその道の一流を究めようとする者の意志と見識とは微動だもすべきではなからう。神仏を敬つて而も頼らずとなした宮本二天玄信の態度がこれである。私の詩（歌）の道も私にとつては一つの宗教である。この道に立つ私が何に愕《おどろ》いて取り縋《すが》る筈があらうか。

以上でも明らかなように、白秋は生涯、二天・宮本武蔵を深く敬仰していた。では、その敬仰はいかにして培われたのであろうか。

周知のごとく、宮本武蔵は諸国遍歴の末、一六四〇（寛永一七）年、五七歳の秋、肥後細川藩の藩主・細川忠利に客分として熊本に迎えられた。そして、手篤く遇された武蔵は剣術指南のほか、絵画や彫刻にも偉才を発揮し、藩士たちから尊敬され、五年後にその地で没している。享年六一歳であった。

よって、熊本には武蔵ゆかりの寺の雲巌寺や墓所の「武蔵塚」などの旧跡も遺っており、県民の武蔵への関心は概して高く、剣道も盛んな伝統が根づいている。

白秋が幼少年期に度々長期に亙って滞在した母しけの里の石井家は、柳川より東南約二〇キロの肥後南関（現、熊本県玉名郡南関町）にある。この石井家の図書館のごとき、その地方随一の多くの蔵書を読破して、白秋は詩嚢《しのう》を養い且つ四人の叔父たちからも訓育されたのだが、注目すべきは、石井家の祖母キギが肥後菊池氏の剣道指南役・斎藤氏の娘という出自である。

南関の祖父業隆は郷士だが、幕末の開明派の志士、肥後藩士の横井小楠に私淑し、石井家には武家の家風が満ちていた。白秋はその武家の家風を誇りに思い、母しけ

について、

この母の気丈と正義感は流石に武家の娘だといふ気がします。町家には嫁いで来ましたが、かうした武士道精神をわたくし達子供に植ゑつけてくれたのは、全くこの母に外なりません。

（「母の横顔」、「少女世界」、一九三一年九月）

と述べている。

また、白秋が七年間在学した母校、県立中学伝習館は、もと柳川藩の藩校で武道隆盛の中学として名高く、白秋が中学時代に剣道を学んでいたことも考え合わせねばならない。

以上のごとく、白秋の母方の祖母が肥後菊池氏の剣道指南役の娘という出自、母の里・肥後南関の石井家に漲る武家の家風、中学での剣道の実修などにより、白秋の二天・宮本武蔵への敬仰は自ずと芽生え、根づき、高まっていったと推察される。

白秋が武蔵への敬仰心と共に、剣道自体に深い関心を抱いていたことは、その歌評や随筆に剣道の用語をしばしば使っていることからも明らかである。

たとえば、斎藤茂吉の歌、「あかあかと一本の道とほりたりたまきはる我が命なりけり」を評して、

……一刀流の太刀風である。私が青眼に構へるならば、此の人は多くは大上段に振りかぶつてゐる。剛勢な気力である、張り切つてゐる。

と言い、茂吉の歌、『赤光』、『あらたま』の全般についても、

……ここなら打ち込めると思ふ隙は随分ある。然し、隙がはつきりと見えるのは、外に隙が無いからである。初めから成つてゐなくて隙だらけの歌は初めから隙を見る張り合がない、斎藤君ほどに達人の隙を見せて呉れる人は少い。ここが

えらいところだと思ふ。

（北原白秋編『斎藤茂吉選集』、一九二二年一月、アルス）

と、ひねりをきかした批評を述べている。この評言は、白秋が短歌創作の際、隙の無い作歌を心がけていたことをも示している。

たとえば、白秋の『雀の卵』の一首、

紫蘭《しらん》咲いていささか紅《あか》き石の隈《くま》目に見えて涼し夏さりにけり

には、細やかな観察の写生、紫、紅の鮮やかな色彩、カ行、サ行音の重複による緊密で清澄な調べなどから、隙の無い歌、と言えよう。

なお、白秋の随筆「知命を踰《こ》えて」（「多磨」、一九三六年二月）に、……思ひ惑ふ如何なる時も無く、省みて悔いたことも無かつた。

とあるが、これには、「我事におゐて後悔せず」という武蔵の「独行道」の言葉が思われる。

事実、白秋の全著述に、「後悔した」、「悔やまれる」といった類の語は見あたらない。

白秋が武蔵の遺訓に学んだことは確かである。

11　白秋の東北旅行余話

白秋は一九四〇（昭和一五）年六月八日から一四日まで六泊七日の日程で東北を巡った。

旅の企画は、かねてより白秋が「梅雨季の平泉を観たいものだ」と口にしていたこと、加えて巽聖歌、岩間正男をはじめ東北出身の門人たちが、「東北の風土を白秋先生にお見せしたい」と念願していたことに基づいて生まれた。

白秋の願望、「梅雨季の平泉を観たい」とは、言うまでもなく芭蕉の『奥の細道』の句、「五月雨《さみだれ》の降《ふり》のこしてや光堂」の風趣を探勝したい、との意味である。

旅の具体化は前年夏、岩間が教え子の仙台の多磨会員・今泉徳衛を伴って成城の白秋居を訪ねた際、白秋が東北行を確約して決まった。以後、東北の多磨会員たちは翌一九四〇年六月の「多磨東北大会」に向けて準備を進めた。

まず、東北旅行の日程の概要を、同年七月号の「多磨」、「雑纂」（『白秋全集』第37巻）や岩間正男著『追憶の白秋・わが歌論』（青磁社）を参照して記すことにする。

・六月八日、白秋と妻菊子は、「多磨」の中村正爾、巽、岩間、野村清、米川稔らと共に夜行にて東京上野駅を発つ。

・九日、早朝、仙台駅着。広瀬川畔の対橋楼で朝食の後、「多磨東北大会」の会場、瑞鳳殿へ。地元の黒澤裕（宮城）、上坂信勝（同）、鈴木幸輔（秋田）らと再会。白秋は講演で多磨精神の真実と情熱、歌人としての日常の心構え、実作問題など、一時間二〇分に及ぶ熱弁を揮う。緊張と熱気に包まれた歌会の終了後、松島ホテル大広間にて懇親会。多数の会員が同ホテルに宿泊。

・一〇日、瑞巌寺、五大堂、観瀾亭を拝観後、遊覧船で塩釜に渡り、塩釜神社近くの勝画楼にて昼食――白秋は大好物の蝦蛄《しゃこ》と蟹を満喫。午後、塩釜より電車で仙台へ行き、二度乗り換えて築館《つきだて》へ。巽、岩間、黒澤、上坂、鈴木、斎藤甫《はじめ》（地元の教育者）と令嬢（多磨会員）が同行。夕刻、簗館着。直ちに眼疾に霊験ある杉薬師を参拝し、割烹梅月にて教育者・菊池譲ら地元有志の小宴に臨み、巽、岩間、鈴木と黒澤宅に泊まる。
・一一日、早朝、野鳥の多様な鳴き声に驚く。朝食後、巽、岩間、鈴木と共に斎藤甫宅に寄り、蔵書の白秋文庫の充実ぶりに感嘆する。その後、姫松館に登って眺望を楽しみ、車で厳美渓、毛越寺を経て、夕刻、中尊寺に着く。飛び入りで中尊寺本坊に宿泊。
・一二日、早朝、種々の野鳥の鳴き声、とりわけ黒鶏の美声に感動する。金色堂、舞殿、経蔵、瑠璃殿を拝観後、関登久也（宮澤賢治の従弟。尾山篤二郎門下）の案内にて車で花巻へ。花巻温泉の松雲閣に宿泊する。
・一三日、関の先導にて車で花巻郊外の賢治の詩碑を訪ねた後、日詰《ひづめ》町の巽の実家へ。巽の母トメと対面し、料亭かんからやにて、トメ、巽の学友らも交じえて午餐。夕六時、日詰を出発し、仙台駅へ。同駅で鈴木幸輔と別れ、一〇時、上野行の夜行に乗車。
・一四日、朝、上野駅着。杉並区の自宅に帰着。
以上だが、旅中の一二日に巽と岩間が白秋長男の隆太郎（富山高校一年生）に宛てた寄せ書きの絵葉書（速達）があるので紹介したい。

一九四〇年六月一二日
富山市富山高等学校青冥寮　北原隆太郎様
お父さまお母さまのお伴でここまで来ました　お母さまには東北の梅雨空が珍しいらしく大変興がられています　巽
ゆうべ中尊寺山房に泊りました。夜明けの野鳥のむらがりは須走《すばしり》以上だとお父様が申して居られます。今夜々行で帰京します。　岩間

須走とは、一九三七年五月、白秋が一泊二日の「多磨野鳥の会」を催した富士山

麓の地名。なお、絵葉書の裏は中尊寺宝物殿所蔵の女仏「国宝一字金輪仏」の写真で、よく見ると、その右下に白秋直筆のペン字「郭公鳴く　父」があった。

この一葉の絵葉書により、白秋、巽、岩間らの東北の旅に満足している様子が察せられる。同時に、巽、岩間と白秋の家族との関わりの親しさや温かさも伝わってくる。巽も岩間も隆太郎の少年期から白秋居に出入りし、巽は白秋の弟鐵雄の営む出版社アルスに勤め、岩間は隆太郎がかつて通学した成城小学校の教師であった。

また、一二日朝に書いた岩間の文に「今夜々行で帰京します」とあるが、実際には翌一三日の夜行に乗車している事実から、関の案内による花巻行は予定外であったと判明する。

東北旅行中の予期せぬ出来事は花巻行のみならず、ほかに次のような二つの「予期せぬ劇的出来事」も生じている。

その一。一三日朝、花巻温泉の宿にて、巽は白秋に突然、当地より車で三〇分の故里日詰にいる老母に会ってほしい、と申し出た。白秋は驚くが即座に快諾し、一行は車をひた走らせて日詰に着き、巽の実家にて母トメに会った。そして、巽の縁者も招いた町の料亭の午餐の席で、白秋夫妻と母トメを床の間の前に座らせ、下座より涙顔で声をふるわせて謝辞を述べる巽に、白秋も涙しながら、「巽、中尊寺よりも今日のこの事が有難かったよ」(「多磨」、「雑纂」)と応えたのである。この両者の感涙は、ただならぬ師弟の縁を表すものにほかならない。

その二。一三日夜、一行が日詰から仙台に着き、一〇時発の上野行列車に乗り込むと、一行に別れて見送らねばならない鈴木幸輔が発車間際、白秋の手にすがって激しく嗚咽《おえつ》したのである。この突発事の後日談も記そう。

その年の夏休みに富山から帰省して、「鈴木幸輔の嗚咽」を母菊子から聞いた隆太郎は、九月初めに富山に戻ると、鈴木宛に「幸輔さんは泣けべすげな」と書いた葉書を送った。

次は、その返信の鈴木の葉書である。

一九四〇年九月二四日

富山市永楽町二九　木俣修様内　北原隆太郎様

秋田県仙北郡強首《こわくび》　鈴木幸輔

（泣けべすげな。）に一言《ひとごと》言《ゆ》うんす。

もう泣かねやごとにしたんす。あんまりみんなに知らえでしまつて、困つてしまたんす。泣えだ不名誉を取りがえさねやばえげねやどてうんと馬力コかけて頑張《がば》てるんす。あなたもうんとがばてたんべ。

おそらく隆太郎は、幸輔宛に全文柳川弁による葉書を出したのであろう。それに応じて幸輔は秋田弁による返信を送ったと思われるが、短い文面ながら、幸輔の人柄の純朴さ、真摯さ、温かさが立ち昇ってくるようだ。

「泣けべすげな」の言は、白秋が一九二八年七月、妻子を伴い一九年ぶりに故里柳川へ帰った時の一つの逸話に源がある。――母校の矢留小学校講堂にて催された歓迎祝賀会で、壇上に立った白秋は感極まって激しく嗚咽した。このため、「白秋さんは泣けべすげな」との噂がたちまち故里中に広まったのである。

隆太郎は「幸輔の嗚咽」の話を聞き、一二年前の柳川での父の嗚咽を思い出し、幸輔に父と「同じ血」が流れているのを喜び、特別の親しみも覚えて、便りを書いたと推測する。

ともあれ、徴兵制が施行されていた戦前、成人男子が衆人環視の中で嗚咽するのは、よくよくのことであろう。

元に戻るが、東北旅行中の以上の二つの劇的出来事からも、白秋とその門人たちの精神的な関わりの深さ、濃さ、温かさが偲ばれる。

ただ、白秋の東北の旅から生まれた詩歌作品は、半年後の一九四一年一月号の「多磨」に発表された「冬ごもりひと日のすゑはおもほえて金色堂の影も顕《た》つかに」などの、「金色堂を思ふ」と題した四首のみで、いささか残念に思う。

その原因は、東北旅行から二ヶ月後の一九四〇年八月に鎌倉の円覚寺にて開催される第三回「多磨全国大会」の準備が加わった多忙さと考えられる。また、三年前より糖尿病、腎臓病そして眼疾を抱えている白秋は、同じく三年前に始まった日中戦争の拡大、それに伴う物資不足の深刻化、国家統制の進行、などによる閉塞感の増してゆく時代の空気の中で、東北の旅をゆっくりと振り返るゆとりを持てなかったのではなかろうか。

だが、東北の旅で門人や有縁の人々との交流に清爽な喜びを味わい、体力にも自信を得た病中の白秋は、翌一九四一年三月半ばから三週間に亙る最後の長旅・九州、奈良の「海道東征巡歴の旅」に打って出ることになったのである。

12 「六騎《ろつきゆ》」の歌と魚商・喜代次

白秋の最終歌集『牡丹の木《ぼく》』（木俣修編集、一九四三年四月、河出書房）には、「六騎」という小題で一三首の歌がある。ここでは、その詞書と一三首中の五首を次に掲げよう。

六　騎

六騎とは郷俗沖ノ端の漁人を云ふ。その一人、喜代次また魚商なり。この程上京す

石の段《きだ》毛脛あらはに搔きのぼるこの若《わか》見ればまこと飛沙魚《とびはぜ》

海にして言問ふ声のおほかたはかく喚《わめ》くらし喜代次ばさらか

註・ばさらか、方言、乱暴の意

わたつみの母は躾《しつ》けずかくありとまたひるむなき強面《こはもて》よろし

鮪《しび》あがる三崎の魚場《ぎよば》を云ふ聴けば一二千本は見て来《こ》しならし
朝声に向ひ風着るぼてふりは一心太助足飛ぶごとし

喜代次が上京した一九四一（昭和一六）年八月、白秋は失明寸前の眼疾の上、腎臓病の浮腫で外出も控える状態の病身であったが、掲出の歌は明るく、同郷人の若い魚商・喜代次への温かい眼指と愉快が投影されている。

これらの歌の背景は同年九月刊の「多磨」、「雑纂」に次のごとく詳しく書かれている。

その（註、八月の）中頃から、一人の珍客が郷里沖ノ端からヒヨッコリ前触れなしで見えた。歌集『黒檜』（註、『夢殿』の誤り）の中の「裏町の媼」の息子である。この媼は昨年（註、正しくは一昨年）亡くなつたが、私の副の乳母であつた。その母の墓石は清水の山中で探した自然石で小さいのだといふ。その墓銘を書いてくれといふのである。（略）それにいつ召集されるかしれぬのでお別れに上つたといふ。三十二三の六騎そのままの強引で、いかにも潟海の魚族のごとく潑剌としてゐる。魚を見るのが何より楽しみとあつて、朝は暗いうちから魚河岸に出かける。母のしつけが悪いから、行儀も何も知らぬといふ。会つてゐると沖ノ端まるだしで愉快かぎりない。

この文のあとも喜代次との珍問答や喜代次のばさらかな言行などが異例の長さで叙述されており、白秋が喜代次に故郷柳川沖ノ端の潮風の匂いを嗅ぎ、心が和み、愉悦を感じていたことが看て取れる。

余談だが、喜代次の上京時に富山高校三年生であった隆太郎の思い出話を加えておこう。夏休みで帰省していた彼は父白秋から喜代次の東京見物の案内を命じられたが、どこへ案内してよいか分からず、先ず、自分が良く知る神田神保町の古書店街へ連れて行くと、浮かぬ顔の喜代次が「魚市場で魚が見たい」と言ったので、三浦三崎の魚市場へ案内した、と苦笑いして聞かせてくれた。

ところで、二〇年ほど前、喜代次の姪の古賀秀子さんという初老の方が拙宅を訪ねて来られ、知り合った。以来、お親しくなって、数年前に喜代次についていろいろとお尋ねしたところ、喜代次のご遺族と連絡をとられ、以下のご教示を頂いた。

喜代次こと古賀喜代次は一九一〇（明治四三）年三月四日、古賀辰次郎、よし（一八六八―一九三九）の二男五女の次男として生まれる。長兄が一九二五（大正一四）年に二六歳で死去したため、古賀家を継ぎ、魚商を営む。結婚して二人の男児に恵まれるが、応召し、一九四四（昭和一九）年一〇月八日、西部ニューギニア、アイゲオ島カバレで戦死した。享年三四歳。

妻子を遺しての三四歳での戦死という最期に胸が痛んだが、死のほぼ三年前、上京して阿佐ヶ谷の白秋居に二週間逗留した喜代次の存在自体の、病重い白秋にもたらした慰め、いたわりが「六騎」一三首に結実した因縁を思う。

前後するが、先掲の「多磨」、「雑纂」の末尾に、「けふはその兄哥《あにき》の為に「古賀よしの墓」と書いておいた。もう二週間にもなるけん、あしたん晩帰宅すると云つてゐる」とあり、白秋が喜代次の帰郷の前日、喜代次の母よしの墓銘を書き与えていたことも分かる。

その墓銘の墨書の写真も、ご遺族より古賀秀子さんを通して頂いた。白秋筆の墓銘の刻まれたお墓は建てられたそうだが、一九六一年暮れに墓地一帯が共同墓地として整備されたため、墓石は埋められたとのことである。

ここで、喜代次の母で白秋の乳母であった「古賀よし」に触れておきたい。

白秋が古賀よしを「裏町の媼」と題して詠んだ長歌は、歌集『夢殿』にて次のように始まる。


見るすでに涙はためつ。会ふすぐと眼に手はあてつ。およし媼《をば》六騎がながれ、

我が乳母《めのと》、そのかの一人。（後略）

よしは一八六八（明治元）年生まれだから、白秋誕生の一八八五年には一七歳、結婚して第一子たけ（古賀秀子さんの生母）を出産したのは一八九三年であり、当時八歳の白秋は母乳を必要とはしない。従って、「乳母」とは乳を与える女性の意味ではなく、守り役の女性の意、と判明する。

長歌「裏町の媼」は、一九三〇（昭和五）年七月、四五歳の白秋が北九州での所用を済ませて柳川へ帰郷した折、乳母よしの住む裏町の家を訪ねて再会し、よしに背負われて舟舞台を見た幼い日の記憶が鮮やかに甦《よみがえ》る感慨を詠んだ内容だが、乳母よしの白秋への情愛が、眼前のよろぼう腰を矯《た》める媼の、言葉とはならぬ涙を通して描かれている。

その一一年後の一九四一年夏の、よしの次男で柳川の魚商・喜代次の白秋居滞在は、没する一年三ヶ月前の幾つもの病を抱え持つ白秋に大きな喜びと作歌の感興とを呼び興したのである。

以上の、白秋とかつての乳母の子・古賀喜代次との関わりように、白秋の、他者を分け隔てなく同じ地平で観る平等心や、他者の純朴さを直感し、共振する生粋の詩人の心が明らかに認められる。

初出一覧

Ⅰ　白秋の家郷

1　白秋と母しけ　「北炎」107号　北炎社　二〇一四年八月
2　白秋と父長太郎　「北炎」100号　北炎社　二〇一二年四月
3　白秋の従姉　「波濤」10月号　波濤短歌会　二〇〇五年九月
4　白秋と次弟鐵雄《てつお》　「波濤」6月号　波濤短歌会　二〇〇八年五月
5　白秋と末弟義雄　「波濤」12月号　波濤短歌会　二〇〇七年一一月
6　白秋と長男隆太郎
㈠白秋の内なる批判者　「沙羅」10月号　沙羅短歌会　二〇一四年一〇月
㈡隆太郎ノート「父の話」より　「沙羅」3月号　沙羅短歌会　二〇〇五年三月

Ⅱ　白秋の窓

1　白秋と漱石　「たんか央」49号　央短歌会　二〇一三年六月
2　白秋と新村出　「沙羅」３月号　沙羅短歌会　二〇一〇年三月
3　白秋と蒲原有明　「北炎」97号　北炎社　二〇一一年四月
4　白秋と茂吉
㈠親近と疎隔　未発表
㈡白秋歌集『夢殿』と茂吉　「沙羅」３月号　沙羅短歌会　二〇一一年三月
5　白秋と高村光太郎　「たんか央」52号　央短歌会　二〇一四年三月
6　白秋と前田夕暮　「たんか央」53号　央短歌会　二〇一四年六月
7　白秋と岡本かの子　「沙羅」３月号　沙羅短歌会　二〇一二年三月
8　白秋・犀星・大手拓次　「春秋」４月号　春秋社　二〇一三年三月
9　白秋と芥川龍之介　「たんか央」54号、55号　央短歌会　二〇一四年九月、

二〇一一年六月

10　白秋と中西悟堂　「たんか央」50号　央短歌会　二〇一三年九月
11　白秋と村山槐多　「沙羅」3月号　沙羅短歌会　二〇一三年三月
12　白秋と巽聖歌　「たんか央」51号　央短歌会　二〇一三年一二月
13　白秋と新美南吉　「沙羅」3月号　沙羅短歌会　二〇一四年三月

Ⅲ　白秋閑話

1　白秋の芸術作用　「波濤」5月号　波濤短歌会　二〇一一年四月
2　『思ひ出』刊行一〇〇年　「波濤」7月号　波濤短歌会　二〇一一年六月
3　「地鎮祭事件」余滴　「波濤」12月号　波濤短歌会　二〇〇九年一一月
4　白秋、菊子の婚礼祝い　「波濤」2月号　波濤短歌会　二〇〇七年一月
5　白秋・環翠楼・皇女和宮　「波濤」7月号　波濤短歌会　二〇一〇年六月
6　白秋の息ぬき　「沙羅」10月号　沙羅短歌会　二〇一三年一〇月

7　白秋の「多磨」創刊の真意　「波濤」9月号　波濤短歌会　二〇〇八年八月
8　一九三九年一月の「山本良吉事件」　「波濤」6月号　波濤短歌会　二〇〇六年五月
9　白秋の「利休居士」の歌　「白南風」1月号　白南風短歌会　二〇〇七年一月
10　二天・宮本武蔵の薫化　「沙羅」3月号　沙羅短歌会　二〇〇六年三月
11　白秋の東北旅行余話　「北炎」105号　北炎社　二〇一三年一二月
12　「六騎」の歌と魚商・喜代次　「波濤」4月号　波濤短歌会　二〇〇九年三月

「あとがき」に代えて

本書の第Ⅰ章「白秋の家郷」で取り上げた人物は白秋の血縁者に限っている。従って、白秋が五七年九ヶ月の生涯で築いた「白秋文学」に多大な貢献を果たす三度目の妻で終生の伴侶、菊子（一八八九―一九八三）は省いている。

そこで、本欄では菊子について少しばかり記すことにしたい。

私は白秋長男の隆太郎と一九七一（昭和四六）年春に結婚し、以来、義母菊子が八二歳の時から九三歳九ヶ月で死去するまでのほぼ一二年間、同居して暮らしたので、菊子の人となりはよく知っているが、ここでは菊子の人生を集約する一つに絞って述べてみよう。

それは、菊子が徹底して「白秋にかしずく妻」であったことである。そして、白秋没後も、白秋は菊子の胸中に常に生き続けているのを、私は感じていた。

その具体的な根拠として、私の見た菊子の日常生活の一端を挙げておこう。

菊子は朝六時に起床すると、病気の時を除いて、必ずシャワーにかかっていた。その後、台所に来て急須に煎茶をいれ、仏壇用の湯呑みに注いで、仏壇の白秋の大きな遺影の前に供えていた（白秋の遺影の周りには、白秋の両親、白秋の母方の祖父母、叔父叔母たちの集合写真も掲げてある）。

お茶の傍には季節の果物や菓子を供えるのが常であった。それらは私が菊子に言われて買ったものや、到来ものの時もあった。

また、毎週土曜日の朝には、市内の花屋に頼んだ季節の花が配達されていた。花が届くと、菊子はすぐに仏壇、床の間、玄関、洗面所の花瓶に取り分けて活け、さらに毎朝、花が長く保つように花瓶の水を新しい水に取り換えていた。

家の庭に菊子の好みで植えられている沈丁花、躑躅《つつじ》、紫陽花、木槿《むくげ》、秋明菊、椿などの花が咲き始めると、その一輪を必ず仏壇の花瓶にさしていた。その頃の菊子はすでに八〇代であったが、質素な洋服を着て背筋、腰は真っすぐに伸び、実にまめまめしく、よく動いていた）。

そして、菊子は仏壇の前に座ると、合掌して深々と頭を下げたまま、何か小声で呟いていたが、それは白秋に話していたのか、お経を唱えていたのか、ついに訊かないでしまった。

白秋の詩歌や詩文章などの作品集がレコードやカセットテープの形で届くと、座敷で家族一緒に聴くのだが、普段は冷静な菊子が目に涙を浮かべて聴き入る姿に、私は自ずと粛然となったものであった。

さて、本書ですでに書いているように、菊子が小田原在住の河野桐谷夫妻の紹介で同じく小田原住まいの白秋と初めて会った一九二〇年初秋、菊子は三一歳であった。当時の女性は一七、八歳になると結婚適齢期と見なされていたから、三一歳の菊子は適齢期を大幅に過ぎていたことになる。

結婚が遅れたのは、貴金属を商う大分の生家・佐藤家にもたらされる縁談を父彌平が次々に断っていたから、と私は菊子から聞いている。それほど四人きょうだい（生まれたのは八人だが、上から四人は夭折）の末娘の菊子を寵愛し、手放し難く思っていた父が一九一六（大正五）年一一月に死去した時、菊子はすでに二七歳であった。

その頃の菊子は、銀行員と結婚して東京や金沢に住む姉さとが一、二年おきに出産する子どもたちを大分の生家で養育する役目を荷っていた。菊子の両親がさとの健康を案じて幼い孫たちを預かっていたのである。

一九一九年春、甥、姪たちの養育の役目を終えた菊子は、母カタから従兄との縁談を勧められ、「情ない思いをしました」と語っていた。その上、長兄新一が一九一四年に家督相続権を放棄してブラジルに渡航していたため、佐藤家を継いだ三歳年少の弟清八にはすでに結婚を決めた女性がおり、菊子は生家に次第に居づらくなって、母が信奉している「国柱会」の東京本部で働きたいとの思いを募らせていった。

そして同年九月、周囲の反対を押し切る形で上京し、国柱会の旧知の幹部の世話で同本部に事務員として勤め始めた。

翌一九二〇年一月には静岡県三保の最勝閣にて病気療養中の田中智学師の看病をしていたが、菊子の言葉によると、「智学師は立派な方であったが、宗教界の裏面を知って失望し」、二月、国柱会を去って、当時、名古屋に住んでいた姉さと夫婦の家に身を寄せた。

かくて同年秋、河野夫妻の計らいで、白秋と出会ったのである。

翌一九二一年四月の白秋との結婚までに、菊子が白秋に送った葉書や手紙の内、三通のみが残っている。それらの文面から、菊子が次第に白秋に強く心を惹《ひ》かれていったことが読みとれる。すなわち、二七歳まで父親の厚い保護の下にあった純白の菊子の心は、白秋への慕情が濃くなってゆくにつれ、次第に「白秋色」に染まっていったとも言える。

もっとも、結婚後は著名な詩人の家・木兎《みみずく》の家（白秋居）への訪客の多さをはじめ、結婚前には想像もつかなかった様々な出来事にとまどったり、悩んだりしたが、菊子が少女の頃から読書に耽り文学が好きであったこと、宗教心豊かで有縁の人々に行き届いた世話をする母カタの気質を受け継いでいたこと、さらに幸運にも一九二二年春に男児に恵まれたことなどで、盤石の家庭を築きえたのである。

いつだったか、菊子は私とのお茶のひとときに、「お父様（白秋）はよく徹夜でお仕事をなさいましたが、私は熱が三九度あった時も丹前を着てお父様のお傍に座っておりました。お仕事の合間合間に召し上がるお茶とか果物とかを絶えず用意しておかなくてはならなかったからです」と話したことがあった。

白秋も菊子の献身はよく分かっており、「菊子の内助の功は章子の比ではなく……」と一九二四年三月の知人宛手紙に書いてもいる。

ただ、白秋は一九三七（昭和一二）年秋に眼疾の身となる以前には、何日もの徹夜を続けての一仕事が終ると、弟子や編集者を連れて酒場を梯子《はしご》したり、家に連絡もせずに弟子や友人宅に泊まりこんだりすることもあった、と隆太郎から聞いている。それも、「白秋の息ぬき」であったようだ。

白秋にすれば、常に献身的で良妻、賢妻の菊子に感謝はしながらも、一仕事が終ると、仕事からの解放感と共に仕事の伴走者でもある妻からの開放感にも浸りたかったのだろう。

そうした「行方不明」になって二、三日後に帰宅した白秋と、白秋の身を案じていた菊子に一悶着あったことが、一九二四年六月の「前田夕暮宛白秋書簡」などで判明している。詩人の「家庭と自由」は難しい問題ではある。

菊子の「かしずく妻」としての献身は、白秋が五二歳の秋に目を病んで以後、ますます発揚される事態となった。

そして、菊子に最大の試練の時がやって来た――本書の第Ⅰ章、1で触れたように、白秋最晩年の、白秋の両親との同居である。

一九四一年秋(河出書房による『白秋詩歌集』全8巻の刊行が完結した一〇月初旬、と推測される)、白秋が没するほぼ一年前だが、すでに病状の憂慮される白秋が両親との同居を決断し、一一月五日、両親を弟鐵雄宅から杉並区阿佐ヶ谷の白秋居に迎えたのである。

白秋が薄明生活を余儀なくされた一九三七年秋以降の菊子は、お手伝いの女性は二人いたが、ひとりでは歩行も難しい白秋の付き添い、連日の仕事関係者や見舞客などの訪客の接待（「ほとんどのお客様にはお食事を出していました」と菊子は私に言っていた）、親しい有縁の家庭の冠婚葬祭への出席、通勤の秘書の不在中における白秋の口述筆記や資料の本の音読などで多忙を極める日々であった。

そのような暮らしの中での老親二人の同居が菊子にとって無理難題であったことは言うまでもない。

だが、菊子は夫白秋の気持を尊重し、白秋の意志に従い、老親二人との同居に賛同した。

そして、その同居は、白秋の浮腫が次第に顕著になり、呼吸困難の発作が頻発し、仰臥《ぎようが》もできない重態となった翌一九四二年一〇月初めまで続いている。

その間、白秋が腎臓病、糖尿病の悪化で二ヶ月近く入院したり、母しけが脳溢血で二度も倒れたりするなどの異変もあり、菊子は数回、胃けいれんの発作を起こしている。胃けいれんは、疲労が積もりに積もっていた菊子の心身の「悲鳴」ではなかったか。

このように、菊子が自らの過労による身の危険をも顧みずに、両親との同居を続けて孝養につとめたのは、何よりも夫白秋への測り知れない敬愛からであろう。両親との同居から白秋の終焉までの一年間が、菊子の人生において、最もつらく、最も苦しい日々であったように推察される。

ともあれ、かくのごとき常に献身的な妻菊子の存在があったからこそ、白秋の芸術家としての後半生（一九二一年―一九四二年）は、詩、短歌、童謡、歌謡、詩文章と多分野に亙って多くの独創的な優れた作品を生み、同時に、多くの後進を育てることができた、と言えよう。

最後に、白秋と菊子の「手」について一言しておきたい。

一八八九（明治二二）年生まれの菊子は、同時代の女性の平均と思われる一五〇センチに届かない身長と四六、七キロの体重の、私から見れば小柄な人であった。そして、その身体で最も特徴があったのは、小柄の体に不似合の骨張って皺立った大きな手であった。

私は一九七〇（昭和四五）年夏、初めて杉並区西荻窪の北原家を訪ねて菊子に会った時、お茶をさし出されたその大きな手を見て、「よく働いた手だな」と、すぐに気がついた。九州の田園で育った私は、農家の腰の曲がった老婆の骨張った大きな手をよく見かけていたからである。

一方、白秋の手については、隆太郎が「親爺の手は細そりとして長く、いかにも芸術家の手であった」と、何度か言っていた。

この二つの事実は、白秋がペン以外のものを持たなくてよいように、常に菊子が白秋を守護していたことを表しているようにも思う。

本書の出版に当たっては、現代短歌社社長の道具武志氏と編集部長の今泉洋子氏に格別の御厚情と御配慮を賜り、大層お世話になった。

本書を「白秋生誕一三〇年」の記念日に刊行できることになったのは、一重に両氏並びにスタッフの方々のお蔭である。

ここに記して、甚深の感謝を表したい。

二〇一四年一二月二日

著　者

著者略歴

1943年、東京都大森区（現、大田区）に生まれる。翌年、熊本県玉名郡（現、玉名市）に転出。

1962年、熊本県立玉名高等学校卒業。京都大学文学部に入学。京大心茶会に入会し、会長の禅哲学者・久松真一博士を知る。

1966年、京大文学部仏文科卒業。同、大学院に進学。在学中、橘女子大学、花園大学などの非常勤講師をつとめる。

1971年、京大大学院博士課程修了。北原隆太郎と結婚、東京都のち神奈川県に転居。

1991年、「久松真一年譜」を『久松真一仏教講義』Ⅳ（法藏館）に発表。

2004年5月の北原隆太郎の没後、その遺稿集『父・白秋と私』、『父・白秋の周辺』（以上、短歌新聞社）、『覚の参究』（春秋社）を編集、刊行。


著書に『父母たちへの旅』（大東出版社）、『白秋の水脈』、『沈黙する白秋』、『白秋への小径』、『白秋と大手拓次』（以上、春秋社）、『立ちあがる白秋』（燈影舎）、『響きあう白秋』（短歌新聞社）など。

白秋近影

2015（平成27）年1月25日　発行

著　者　北　原　東《はる》　代《よ》
発行人　道　具　武　志
印　刷　㈱キャップス
発行所　**現 代 短 歌 社**

〒113-0033 東京都文京区本郷1-35-26
振替口座　00160-5-290969
電　　話　03（5804）7100

定価2500円（本体2315円＋税）
ISBN978-4-86534-073-0 C0092 ¥2315E